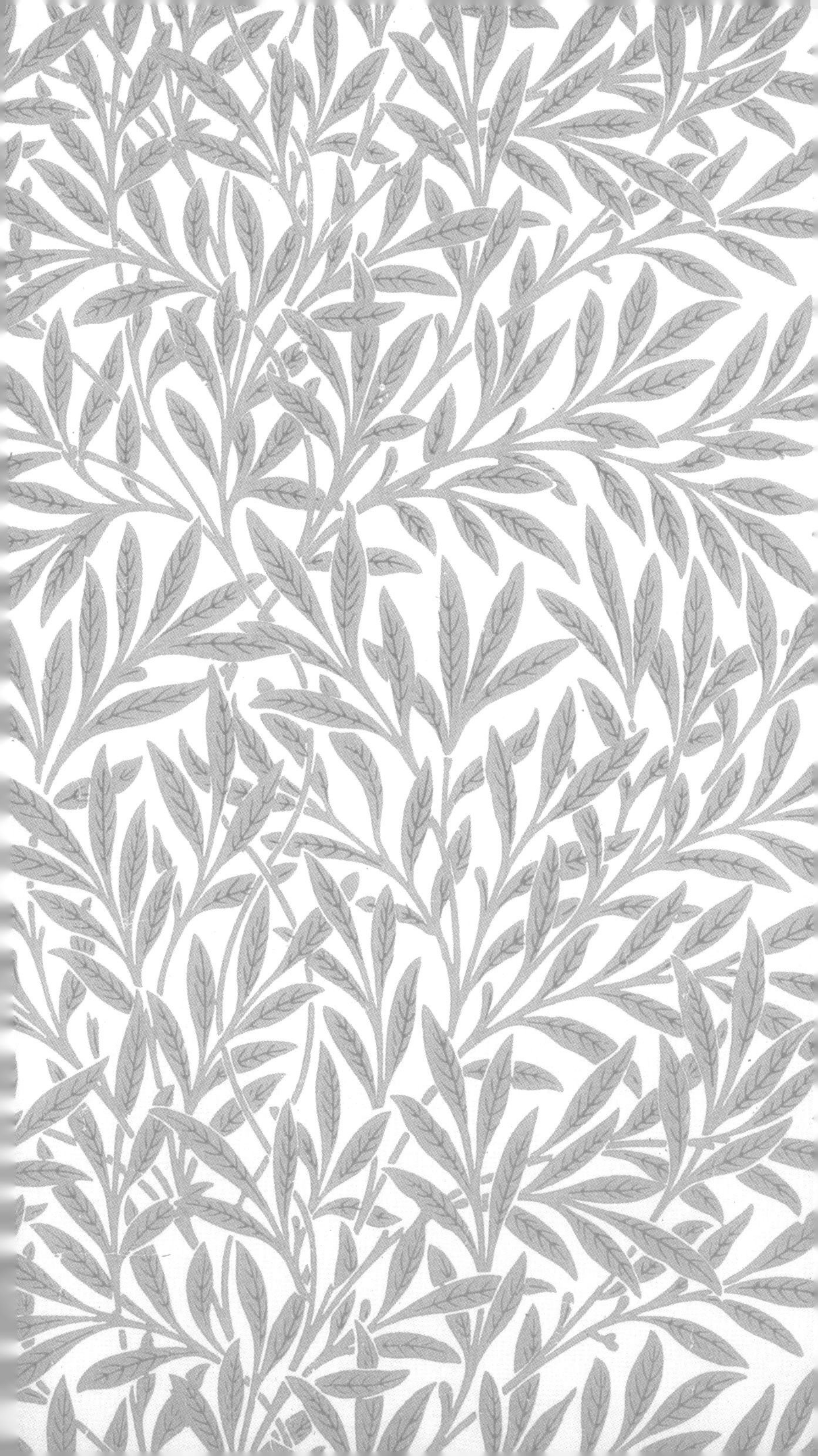

三民叢刊 298

賣牛記

琦君 著

三民書局印行

充滿了愛的仙境

冰子

三民書局重新出版了琦君的小說〈賣牛記〉和〈老鞋匠和狗〉。由我寫序實在不敢當此重任。但我重讀這兩篇小說後深受感動，覺得有許多話要說，就欣然動筆了。

多年來，人們對琦君散文推崇備至，甚至譽為「琦君的名字幾乎就是現代散文的代稱」。而對她的小說認知和評論不太多，直到她的小說《橘子紅了》由「公視」改編成電視連續劇，轟動兩岸後，大家就連連稱讚，原來琦君的小說寫得也這麼好！

十多年前我認識琦君不久，她便贈我兩本小說集：《菁姐》和《錢塘江畔》。並幾次對我說，她的小說不比散文差。我那時正在美國新澤西州的《現代》週刊任總編輯，徵得她同意後，把《菁姐》分期連載，受到讀者熱烈歡迎，紛紛來信、來電告訴我，他們非常喜歡《菁姐》的故事情節，尤其文句之優美、典雅、動人，許多小說家是望塵莫及的。那時我曾想過，如果《菁姐》拍成電影，一定會催人淚下，感動天地的。

從琦君的作品創作年表來看，我們就會發現，原來她的早期創作是以小說為主。從民國四十三年，三十八歲時出版第一本散文小說合集《琴心》後，直到民國六十年她五十五歲時，整整十七年中，共計出版了小說集六本，散文集僅兩本。以後寫作雖以散文為主，但也出版了《橘子紅了》和許多兒童翻譯小說。可見琦君的小說成就實不亞於散文。

有人評論琦君的作品，「散文似綠野平疇，意境超越；小說若小橋流水，潺潺不絕」。「琦君的散文善於刻劃人物，在氣氛的烘托和渲染上，非常接近小說筆法」；而琦君的小說「卻往往有一個真實的人、事、物作為背景，寫來如行雲流水一般自然平順，不似一般小說的刻意製造的高潮迭起，具有一種空靈的美」。簡言之，琦君的散文裡有許多小說故事，而琦君的小說裡卻有無窮無盡的散文韻味。不論是散文是小說，琦君的永恆主題是「愛」。

我們在〈賣牛記〉和〈老鞋匠和狗〉中都能看到上述的特點。〈賣牛記〉情節簡單，講述了農家兒童聰聰不忍媽媽把朝夕相處的老牛阿黃賣掉，離家出走到城裡找回了老牛的故事。但在琦君的妙筆敘述下，娓娓動聽。描寫的江南農村晚春景色，如詩似畫；老老少少的五個人物：聰聰、媽媽、長根公公、花生米、張膏藥，個個栩栩如生，呼之欲出。而人與動物之間的愛的表達和交流更是震懾人心，掩卷而久久不能忘卻。其人、其景、其牛都是琦君自幼在農村生活熟悉的，所以寫起來如此得心應手。〈老鞋匠和狗〉裡的兩條小狗「小黃」和「小花」是琦君童年時的伴侶，家中小狗的寫照，老鞋匠對小黃和小花的愛心完全是琦君的真情流露。

兩篇小說中的人物和動物都是那麼美好，與今天人心不古、慾海橫流，道德墜落的社會相比，那故事裡的江南小村宛如不食人間煙火的仙境。也許現代的一些讀者會懷疑小說中人物和情節的真實性。而這正是重新出版此書的理由。讓小說如一幅長卷的山水畫展示在人們面前，那個善良的牧牛童聽聽正騎在阿黃的背上，款款向你走近，講述過去的美麗童話，使你步入仙境，洗滌你的心靈，使你也變得如此純潔可愛，這正是琦君寫此小說的期盼。

《賣牛記》裡充滿了愛心：愛母親、愛子女、愛朋友、愛動物，使我們如沐愛河。正像琦君的所有作品，充滿了一個愛字，使你深深感動，嚮往那已不存在的江南小村，……。

正因為如此，琦君的作品必永遠流傳下去，不斷重新出版。

賣牛記

目次

賣牛記

一

這是大陸江南的春天，一個美麗的傍晚，柿紅色圓滾滾的太陽，已經從遠處深藍色的山凹裡漸漸地落下去。天邊抹著金黃和粉紅的雲彩，雲彩柔和的光影，撒落在繞山邊流去的粼粼溪水中，給人一種寧靜而充滿希望的感覺。勤懇的聰聰，還沒做完他一天的工作，帶著他的好牛阿黃去船埠頭。阿黃已經在山腳下吃飽了青草，也在溪裡喝夠了水，在小主人旁邊踏著方步慢慢兒地走。小主人舉著細細軟軟的竹枝輕輕揮動著。那根竹枝不是為打牠，而是為趕走牠身上的蒼蠅的。小主人是牠最好的朋友，他從來不打牠的。在聽聽想來，用竹枝抽一條不會說話而一天到晚默默地工作的牛，實在是太狠心了。他有時很想把套在阿黃濕漉漉的鼻子上的黃銅圈圈拿掉。可是他媽媽不許他這樣做，她說哪一家的牛鼻子上不套圈圈呢？好在阿黃和其他的牛一樣，套了許多年的銅圈圈，已經習慣了。況且小主人從來不使勁拉牠，他只要鬆鬆地一牽繩子，牠就會翹起脖子，向他走來，臉頰親熱地靠近

他的臂膀，用濕漉漉的鼻子碰他的手背。聰聰就雙手捧起牠的頭撫摸一陣，或是拉著牠的兩隻角左右晃動。小主人這樣和牠玩，牠是最高興的。牠也好像懂得工作和遊戲一樣，都會使牠健康快樂的。

聰聰和阿黃已經走到後山腳下，遠遠地卻看見一個小女孩，坐在溪邊的岩石上，紅短衫，綠褲子，褲腳兒拉得高高的，兩隻光腳伸在溪水裡。溪裡有三隻小白鵝在游泳，聰聰認得小白鵝好像是長根公公家的。小女孩看見聰聰和一條大牛，高興得向他咧開小嘴笑了。

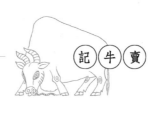

「你是誰？我以前沒有看見過你嘛！」聰聰奇怪地問。

「我叫花生米。你呢？」小女孩說。

「花生米？我還是不知道你是誰呀。」

「我爺爺剛剛從城裡把我帶來的，因為我要來鄉下玩，玩很久很久。我們是坐小火輪來的，小火輪在河裡嘟嘟的往前跑，好好玩啊！」

「你說的是長根公公嗎？」

「是的，我爺爺說小孩子要到鄉下晒太陽，吹風，淋雨，纔會快快長大。」

聰聰記起長根公公曾經對他說過，他的小孫女兒跟著她爸媽住在城裡，直吵著要來鄉下玩。

「長根公公怎麼沒告訴我說你已經來了呢？」

「我媽不讓我來，是我自己硬要來的。」

「你今年幾歲了？」聰聰在她身邊坐下。

「七歲，你呢？」

「我十二歲，我姓劉，名叫聰聰。」

「劉聰聰。」她扳著手指頭算，「一、二、三、四、五，我比你小好多，那麼我喊你聰聰哥哥吧。」

「你為什麼叫花生米呢？你的真名字叫什麼？」

「我的名字是蓓蓓。我喜歡吃花生米，媽媽說我又白又胖，像剛剝出來的花生米，就叫我花生米了。」

「你爸爸媽媽一直住在城裡，不回鄉下來嗎？」

「哼，爸爸當老師，媽媽在家做活。爸要接爺爺去城裡，爺爺不肯。他說他願意在鄉下開雜貨店；鄉下的水好，空氣新鮮。爺爺還說鄉下的草和樹葉都比城裡的綠呢。」花生米很相信爺爺的話，她望著山上的樹枝，深深吸了一口新鮮空氣，覺得自己好像一下子更白更胖了。

「你來了正好，我要帶你玩好多玩意兒。」

「什麼玩意兒？你快說。」

「爬上山採山楂果，下水田摸田螺，還有釣魚，游泳。」

「太好了。」花生米高興得直拍手，「可惜過了夏天，我就要進小學念書了，爸說我已經長大了，該念書了。」

「你好運氣，有書念。我得幫媽媽做事，不能天天上學，只能抽空去鄉村小學裡聽聽，忙起來就不能去了。我想今年下半年去城裡考中學，媽媽也這樣打算。」

「你爸爸呢？」

「爸爸很早就死了。爸爸生病的時候，欠下很多的錢，所以媽媽得辛苦地工作，掙錢還債，以後還要給爸爸做個很體面的墳。」

「你真好，聽聽哥哥。」她回頭看看阿黃說：「牠是你家的牛嗎？」

「是的，牠給我們掙好多錢啊！我們的田，都為了給爸爸治病賣光了，只剩下這條牛，就靠牠天天幫我去船埠頭馱運東西到鎮上。還幫人耕田、運穀子、磨麥子、車水，掙點工錢。牠什麼事都會做，好辛苦啊！可是長根公公說，牠已經太老了，快要做不動了。」

「那怎麼辦呢？」

「我不知道。旁人家牛老了就賣掉，再買新的；可是我媽是不肯賣牠的，牠跟我太好了。小時候，記得爸爸常把我放在牠背上慢慢走回家；現在爸爸沒有了，天天都是我和牠在一起。媽隔幾天就餵牠一碗雞蛋酒，讓牠補一下。」

「真好玩，牛還會喝酒，我以前一點也不知道。」花生米覺得腳伸在水裡有點冷了。剛要縮上來，卻見小白鵝游到她前面，用小紅嘴來啄她的腳趾頭了。她高興地喊道：「你看，小白鵝一下就跟我要好了。我們城裡沒有養鵝，媽媽說院子太小，不能養鵝。爺爺說，等鵝長大了，殺一隻給我吃。」

「啊呀，你怎麼捨得把牠們殺了？你看，牠們已經跟你是好朋友了。」

「對了，我不要吃鵝肉，我把牠們統統帶回城裡去養著。」

遠處小火輪的汽笛聲嗚嗚地叫了。

聰聰站起身來說：「我要去埠頭運東西了。晚上我來看你。」他去牽阿黃，阿黃青草吃得飽飽的，又去溪邊喝了幾口水，牠聽到輪船汽笛聲，知道工作的時間到了。

花生米看看聽聽手裡的書，問：「這是什麼書？」

「六年級國語課本。」

「你認得這許多字嗎？」

「好多是長根公公教的。」

「爺爺門牙掉了，媽媽笑他把花生米都說成了花新米。但是他好會講故事啊，今天晚上你來，我們聽他講故事。」

「好。」他們約定了，聽聽幫著把溪裡的小白鵝趕上岸，正巧長根公公來找花生米，聽聽高聲地喊：「長根公公，晚上來聽你講故事喲。」

長根公公笑嘻嘻地點點頭，牽起花生米的手，看著小白鵝一字兒排在前面，搖搖擺擺地一路走回家。聰聰也高興地帶著阿黃去船埠頭上工了。

二

阿黃非常賣力氣地幫聰聰搬運小火輪上卸下來的貨物，可是來回兩趟以後，阿黃已顯得很吃力，而且快天黑了，不能再工作了。阿黃已經掙了不少錢，聰聰就帶著阿黃回家，放回牛欄。阿黃有點氣喘，聰聰抱一綑青草放在牠腳跟前，摸摸牠的脖子對牠說：「我去沖雞蛋酒給你喝，休息一晚上，明天你一定又有力氣了。」

阿黃雖然聽不懂小主人的話，可是牠對他說話的溫和聲音，和那一隻柔軟的手的撫摸，是感覺得出來的。牠的眼睛好像很感謝地看著牠的小主人，並用濕漉漉的鼻子去碰碰他的臂膀，聰聰是懂得牠親暱的意思的。

他走出牛欄，意外地看見矮胖的花生米雙手捧著一隻小白鵝來了。

「聰聰哥哥！這隻小白鵝是送給你的。」

「你怎麼知道我家住在這兒？」

「爺爺帶我來的，他在前屋跟你媽媽說話呢。爺爺說你

媽媽很能幹，讓我叫她大嬸。」

「你把小白鵝分給我，牠們一窩兄弟分開了，不是太寂寞嗎？」

「幾天就好了，我要牠跟你好。」

「好，將來生了蛋，還可以孵小鵝，我們的鵝就越來越多了。」聰聰的小心靈裡永遠是充滿希望的。

他走到離前屋不遠的地方，聰聰聽見媽媽在大聲和長根公公說話，那口氣好像在爭執什麼。聰聰心裡想，奇怪，媽媽是從來不這樣大聲說話的，這究竟是為了什麼事呢？他拉

福
積善人家
向陽門第

住花生米，停下腳步，站在窗外細聽。他聽媽媽說：

「沒辦法，長根公，聰聰爸的墳明年是一定要做的。到現在買墳地的錢還不夠，怎麼行呢？」

「我想法子幫你忙，大嬸，總之你可千萬別賣掉那條牛。」

賣掉牛？媽媽竟想賣掉阿黃？不會的。媽媽對他說過，無論如何不賣的。可是他又聽見媽媽說了。

「我也是捨不得呀，牠幫我們做了那麼多的事，況且又是聰聰爸生前親手買進的。但是阿黃已經老了，再不賣掉，萬一病倒，就一個大錢不值了，不如趁牠看起來還健壯的時候賣出去，也可拿回幾個錢啊。」

聰聰很想衝進屋去，攔住媽媽說，「媽，您不能賣掉阿黃；阿黃是我們最忠實的朋友啊。」可是他沒有這樣做。他想媽媽還只是和長根公公商量，長根公公會阻止她的，她一定也只是說說而已。無論如何，她是捨不得賣掉阿黃的。阿黃到了旁人家以後，哪會有人照顧牠這樣好呢？

聰聰拉了一下花生米說，「我們別進去，走，跟我去廚房裡沖雞蛋酒給阿黃吃。」

聰聰進了廚房，在罐子裡拿出雞蛋，又在碗櫥裡取出碗來。這時，一不留神，手指一滑，碗掉在地上砸碎了。劉大嬸聽見聲音，進來問，「你怎麼了，聰聰？」

「我要給阿黃沖雞蛋酒，不小心砸了碗。」

「阿黃老了，補也沒有用了。」劉大嬸歎了口氣說。

「誰說的？媽，阿黃壯得很呢。」

劉大嬸沒有再說什麼，長根公公也進來了，他笑嘻嘻地說，「讓我來幫你。」

長根公公沖好蛋酒，聰聰和花生米一同跟著走到牛欄裡。阿黃一看見那只碗，就知道是主人要款待牠了。事實上，牠

並不喜歡那股衝鼻的酒氣和蛋腥味。可是牠懂得主人的好意；他們餵牠時，牠從來沒有拒絕過。現在，長根公公把碗送在牠的嘴邊，慢慢地倒進牠的嘴裡，牠就微微仰起脖子，大舌頭一舔一舔的，把它全嚥下去了。嚥下去以後，渾身一陣暖和，牠就會睡一個很好的覺了。他們想，如果阿黃會說話的話，一定會告訴他們，這個家好溫暖啊！

長根公公帶著花生米先走了，聰聰要吃了飯再去他們家聽長根公公講故事。吃飯的時候，聰聰顯得心事重重，只是低頭一聲不響地吃著，不時抬頭偷眼看看母親。

劉大嬸本來就是個不喜歡說話的人，自從丈夫去世以後，她的話更少了。就是對唯一命根子聰聰，除了喊他三餐吃飯，叫他多穿點衣服，或是吩咐他做事以外，也很少有什麼話的。因此在聰聰心目中，媽媽是個不大重感情的人。她很少笑，也從來不哭。對於左右鄰居，雖然都是客客氣氣，卻也很少親親暱暱地談話。可是鄰居們沒有一個不誇媽媽好，勤勞吃苦，把聰聰撫養長大。他們都勸聰聰要孝順母親。聰聰自然懂得這意思，他決心要做個孝順的孩子，讓辛苦的媽媽後半輩子好好享點兒福。就是現在，他也從來不惹媽媽生氣的。

劉大嬸夾了一大塊雞肉，放在聰聰碗裡說：「吃嘛，很爛了，特地給你煨的。」

「媽，又不過節，您為什麼殺雞呢？」聰聰奇怪地問。

「一隻老母雞，已經不會下蛋了，可是吃起穀子來很費。」

聰聰不知再說什麼纔好。他總覺得雞老了，不會下蛋，就殺來吃掉，是不對的。他的意思是別殺牠，一直等牠自己死了，然後挖一個坑，把牠埋了。可是媽媽從來沒允許他這樣做過。雞、鴨一隻隻都上了飯桌；這些雞鴨都是媽媽親手孵出來，親手養大的。看著牠們由小絨球似的，漸漸長成。

他也天天早上把牠們放出籠子，晚上趕回窩裡。一把把穀子撒給雞吃，一盤盤飯和著田螺肉拌給鴨子吃。牠們一群群尾隨著他媽媽和他，怎麼會想到有一天媽媽會用刀割斷牠們的喉嚨，把牠們煮來給他吃的呢？想到這裡，聰聰看著碗裡那塊香噴噴的雞肉，再也吃不下去了。他總覺得大人們對一些事情的想法跟他不一樣。大人們很看重一樣東西的用處；沒有用，就不要了。有時候，為了錢，就把活生生的東西殺死，或是賣掉。比如過年吧，媽就把辛辛苦苦養肥了的豬殺掉一隻，其餘的都賣了。他眼看著豬都是頭朝下，腳朝上的倒掛

在貨車裡被人拖走，心裡好難過。可是他怎麼能阻止大人們這樣做法呢？家家都如此，而且媽媽說養豬養雞鴨就是為了過年用的，莊稼人哪家不養呢？聰聰儘管很愛吃肉，可是一想起殺豬時的慘叫聲，心裡就有些不忍。他在學校裡聽課，聽老師說要愛護一切動物，也不要惡意傷害昆蟲。長根公公說螞蟻、蜜蜂都是很有靈性的，不可以傷害。所以聰聰心裡充滿了仁慈，對於媽媽殺雞殺鴨一點兒不在乎的神情，有點不明白。他不由得對媽媽說：「媽，花生米送我的小白鵝長大了，您可別殺喲！」

「誰殺你的小白鵝，不過你得看管好，別讓牠到處拉屎，髒死了。」

「我會管好的，」他又緊接著說：「您也不會賣掉阿黃吧？」

「你怎麼知道我要賣阿黃？」

「我好像聽見您在跟長根公公商量著要賣牠。」

「大人的事，小孩別管。」

「媽，千萬別賣掉阿黃，牠多忠心啊。」

「畜牲都一樣的，你養牠為了要牠做事，可是哪家的牛老了不賣呢？」

「可是您說過不賣的。阿黃是爸爸買來的，爸爸說要牠一直陪我的。」

「別說傻話了，快吃飯吧。你不是還要去長根公公家聽故事嗎？」

「媽，您一定不會賣掉阿黃的，是嗎？阿黃幫我們這麼多忙，牠還要掙錢給我上中學呢。」聰聰眼裡汪著淚水說。

「好，以後再說吧。你別管這麼多閒事了。」

「我只管阿黃這一件事，其他的都不管了。」聰聰聽媽媽似乎肯答應了，心裡也高興一點。三口兩口吃完飯，就跑去長根公公家了。那一大塊雞肉仍舊留在碗底，不知是他不忍心吃呢，還是急著要聽故事，沒心思吃了？

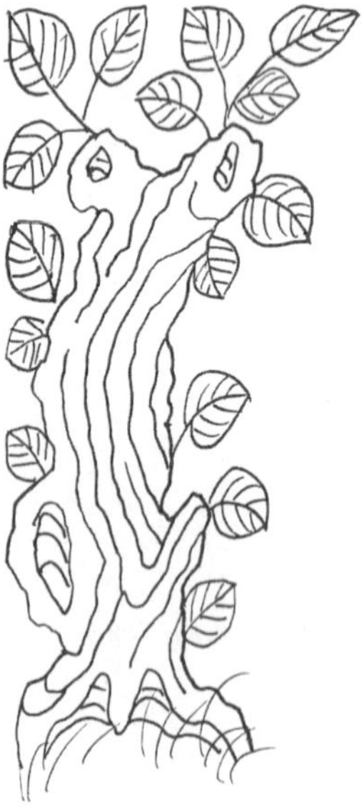

三

長根公公坐在竹子做的太師椅裡，把旱煙管在洋灰地上敲得咯咯地響，打算講故事了。花生米爬在他膝上，用小梳子梳他的鬍子，小腿兒踩得舊太師椅唏裡花啦的響。長根公公最喜歡坐這把椅子。冬天晒太陽時坐它，夏天乘涼時坐它，在前面店門口賣東西時也端了它去坐。他說坐在這把太師椅裡，聽著吱吱咕咕的聲音好打盹兒；給他們講故事時，也特

別想得起來。椅子的兩隻扶手被長根公公手上的汗油和煙油，抹得都轉成紫檀色了。長根公公打趣地說，這種古老的竹子顏色，比城裡那些桃花心木還值錢呢。他認為一樣東西用得越久，對它越有感情，就再也捨不得丟了。他這種脾氣，聰聰看來很有道理。對沒有知覺的東西是這樣，對有靈性的動物更不用說是有一份深厚的感情了。因此聰聰想起阿黃，想起長根公公剛才勸他媽媽不要賣掉阿黃的話，他不禁問道：

「長根公公，您想我媽會賣掉阿黃嗎？」

「你已經知道了？」

「哼，你們剛才說的話，我站在窗外聽見了。」

「我勸她不要賣，她會聽我的話的。」

「爺爺，大嬸要錢，我們借給她好了。」一直靠在他懷裡的花生米說。

「你有錢嗎？」爺爺笑著問她。

「我有，媽媽給我十塊錢，叫我給爺爺買桂圓紅棗吃。」

「好，你先存著，我要的時候，再跟你拿。」

長根公公用滿是皺紋的手，把旱煙管塞進一個藍布袋子裡，手指在外面一捏，煙裝滿了，聰聰給他點了火。他乾癟的嘴一吸一吸的，兩頰更凹進去，非常有趣。他只要一噴起煙來，故事就來了。伍子胥過昭關，昭君和番，桃園三結義，講了一個又一個。有的已經講了好幾遍了，聰聰聽來還是很有趣。他還從城裡買來一本《二十四孝》，講給聰聰他們聽。今晚他說他要講一個外國故事，魯濱遜漂流記。可是花生米喊道：「我不聽大人的故事，我要聽小孩子的。」

「小孩子的，那麼就講一隻狗和小乞丐的故事吧。」

「好，好！」

長根公公開始講了。

從前有一個小乞丐，帶了唯一的狗朋友阿花，到處流浪討飯吃。他討來的剩菜冷飯，無論多少，一定要分一大半給阿花吃，自己只吃一小半，因為阿花的飯量比他大。有時候他看阿花舔完了飯碗，還是歪著頭望他，他知道牠還沒吃飽，就把自己的一點又給牠吃了。阿花雖然聰明，卻不懂得小主人是餓著自己的肚子省下飯來給牠吃的。可是有時候，牠也會從垃圾堆裡啣回一塊肉骨頭，放在小主人面前，請他嘗嘗美味。牠卻不知道小主人雖然是個乞丐，究竟不能吃人們扔在垃圾箱裡的骨頭。他們時常整天討不到一點吃的，又冷又

餓地躲在破廟裡。夜裡凍得睡不著，他就抱著阿花和牠說話；阿花就用牠濕濕暖暖的舌頭舔他的臉和脖子。他雖然肚子裡是空空的，但覺得有這樣一個好朋友寸步不離地陪著他，他心裡也就很安慰了。白天裡，天氣好的時候，他就在暖烘烘的太陽下面，教阿花做各種遊戲，啣紙球，跳高，鑽圈圈，站起來，躺下去，阿花會玩好多種遊戲。有時他們討飯到人家門口，小乞丐就叫牠玩起遊戲來，人家看得高興，也會扔給他們幾個錢。小乞丐非常感謝阿花的合作，就越加愛牠了。

有一天，他們流浪到一個村莊裡，剛走進一條熱鬧的街道，就看見一個大漢，拿了一根棍子攔住他們，嘴裡喊：「狗，不許牠過去。」阿花受了驚，一下子就咬了旁邊的人一口，把他的腿咬出血來。大家就大聲的喊，「瘋狗，瘋狗！攔住牠，打死牠！」阿花慌了，逃到小乞丐身邊；小乞丐一把抱住牠，向大家哀求著說：「請你們別打死牠，牠不是瘋狗，牠是我的小狗，我們剛剛路過這裡，我們馬上走就是了。」可是大家怒喊著：「不行，牠已經咬了人，一定是瘋狗。」原來這村莊裡剛出現過瘋狗，所以他們見了陌生的狗就要捉。他們一定要把阿花打死，而且說小乞丐是個小偷，要把他趕出去。

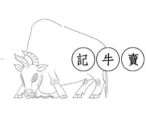

小乞丐哭著跪下來央求道：「我一定走，可是讓我帶我的狗一起走。」他們回答說：「由你帶走可以，但是一定要等我們把牠用槍打死以後，再給你帶走。否則連你也打死。」小乞丐聽了，知道無法反抗了，只得把心一橫說：「好吧，你們既然一定要把我可憐的朋友打死，我一定要陪在旁邊，看牠死去再帶走牠的屍體。」就這樣，村莊裡的人就用繩子套了阿花的脖子，拉到一個曠場上，一個壯漢用獵槍對著牠瞄準。正在這時，小乞丐大聲的喊：「請你慢一點，我要和我的朋友再親一親，和牠告別。」然後他急急跑去抱住阿花，在阿花耳邊喃喃地說了好多話，再摸著阿花的頭輕聲地說：「阿花，你不要怕，有我在，沒有人能傷害你的。你膽子大一點，只要聽我的聲音做就好了。」說完，他又跑到壯漢後面，看準了他正扳動槍機時，猛力把那人一撞，大聲地喊：「阿花，倒——了。」子彈飛出去了，阿花應聲倒地，壯漢得意地放下槍，和看熱鬧的一群人連頭也不回地散了，只留下可憐的小乞丐和被槍打死的阿花。小乞丐等眾人走遠了，急急跑上前去，伏在阿花身上，在牠耳邊低聲喊道：「阿花，我的寶貝，快起來，沒事了。」阿花一躍而起，原來牠並沒

被槍打中，那壯漢因為被小乞丐推了一把，子彈射歪了，射在遠處一棵樹幹上。阿花呢，牠只聽小主人的口令，小主人喊「倒」，牠就馬上倒下去，動也不動，裝出死了的樣子。這一下竟騙過全村的人，小乞丐一分鐘也不敢停留，領著他那隻受驚的狗逃走了。

長根公公一口氣講完了小乞丐的故事，花生米和聰聰都聽得發呆了。過了半晌，聰聰追問：「長根公公，您說阿黃也有這樣的靈性嗎？」

「動物都是有靈性的，你越愛牠，牠就越有靈性。」

「所以我無論如何不能讓媽媽把牠賣掉。長根公公，您一定要再勸勸她啊。」

「我會勸勸她的。」

「爺爺，老牛賣掉以後，牠到什麼地方去呢？」

「很可憐，老牛賣掉，多半是被宰殺了。」

「真的呀？」

「你們想，誰會買老牛耕田呢？只有賣肉的才用低價收買老牛，殺了以後，把牛肉、牛皮、牛骨分開來賣。」

「媽媽知道那種情形嗎？」聰聰問。

「應該知道的。」

「那她為什麼還想賣呢？」

「孩子，你哪兒懂得，都是為了錢啊。」

「長根公公，如果我媽要給爸爸做墳，求您先借錢給她，我長大了掙錢還您，千萬別讓媽媽賣牛啊。」

「我會想辦法的，你放心吧。」

「爺爺，人為什麼要殺牛、殺狗呢？」

「人有時候是很殘忍的，我再講個捉貂的故事給你們聽。貂是生在很寒冷的北方的一種動物，牠的性格非常仁慈。可是因為牠的皮很值錢，所以人類想盡辦法要捉到牠。捉貂的人是非常聰明的，他們利用貂的仁慈，故意在冰天雪地裡脫去衣服，光著膀子躺在厚雪上，把自己凍僵了。貂一看見雪地裡有人，就會立刻回去叫來自己的家族，把雪裡那個將要凍死的人，團團圍住給他取暖。其中最大的一隻母貂就蜷伏在這人的胸膛上，用自己的暖氣溫他的臉和心。這時捉貂人卻悄悄地伸出一隻手，把胸前的那隻貂一把抓住。可憐那被捉的貂，只有慘叫的份兒了。這時，其餘所有的貂，並不跑走，反而迅速地爬攏來，一隻啣著一隻的尾巴，不斷地悲鳴，毫無反抗地被捉貂人一網打盡了。你看多悽慘啊！」

「好殘酷的捉貂人啊！」聰聰喊起來，「貂怎麼這樣團結，這樣有義氣呢？」

「可不是，人類有時還不如動物呢。」

「一隻貂上了當，別的貂還是繼續上當嗎？」

「怎麼不是呢？這又是動物的聰明不及人類的地方。」

「長根公公，我寧願不要這種聰明，卻要做一個有同情心，有好心腸的人。」

「好孩子，你說得對。人，愚笨點不要緊，卻不能沒有一顆好心腸。」

花生米咬著手指頭，烏黑的大眼珠滴溜溜地直打轉，忽然喊道：

「我想出一個辦法來了！」

「哦！是什麼好辦法？」爺爺問。

「把阿黃牽來放在爺爺家藏起來，別給大嬸知道，她就沒法賣牠了。」原來她還在擔心阿黃的問題。

「傻孩子，這麼大一條牛怎麼藏得起來？」

「那怎麼辦呢？」

「你放心，大嬸不會賣牠的，她已經答應聰聰了。」

可是大人的事是很難猜得透的，誰知道他們會把阿黃怎麼樣呢？因為大家都說阿黃老了。她也跟聰聰一樣，在替牠擔心呢。

聰聰回到家裡，看媽媽還在縫補衣服，聰聰說：「媽，您知道老牛賣出去，一定會被殺嗎？」

劉大嬸停下針線，朝兒子望了半天，卻一聲不響地垂下眼皮，只顧縫衣服，沒有回答。

「媽，您不會把阿黃賣掉吧？」聰聰又追問一句。

「你為什麼老是問呢？」劉大嬸把眉頭鎖得緊緊地。她的面容，在暗淡而跳躍不定的菜油燈光下，顯得非常憂鬱陰沉。因為在她的心裡，有一分難以形容的痛苦和悽涼。她想起了死去的丈夫，想起這些年來生活的艱苦，想起聰聰以後的學業問題，她的眼圈兒潤濕了。可是她是個不願意當著孩子掉眼淚的人，她把臉轉過去，藏在陰影裡，卻以柔和的聲音對孩子說：

「聰聰，不早了，快睡了。你明天起早，還要帶阿黃磨麥子去呢。」

聽聽順從地應了一聲「好」，他哪裡知道媽媽的眼淚是往肚子裡吞的呢？

四

江南的春是美麗而長久的；尤其是農村，早晨溫和的陽光晒著潮濕的田埂，散發出青草和泥土的芬芳；田裡是鵝黃的菜花與翠綠的麥子相間，望去好像一片編織得極精巧的毯子；野蜂在菜花頂上飛來飛去；微風吹翻著麥浪。等著菜花結子，麥子變黃的一段時候，就是農夫們較為優閒的季節。聰聰的阿黃也不用辛苦地工作，只要一天做些零活，馱些貨

物，就可休息了。聽聽有足夠的時間帶阿黃出來吃草，自己陪花生米上山去採山楂果吃。花生米為了報答聽聽對她的好意，把自己最心愛的三個鈴鐺也送給了聽聽，叫他把它們掛在阿黃的脖子上。

「我看見城裡的馬，脖子上都掛著鈴鐺，牛也應當有。」她說。

聽聽真的把鈴鐺掛在阿黃的頸上；鈴鐺很小，可是叮叮的聲音很柔和。阿黃走起路來，配合著鈴聲，好像更有精神了。

可是優閒的日子很快就過去。油菜收割了，又割完了麥子，接著又翻土，灌水，插秧；聰聰和阿黃跟著也忙起來了。生長在城市的花生米，對於農村的一切都覺得那麼新奇。她眼看農夫用水車把水灌進田裡，又眼看他們撒下的穀子長成一片碧綠的絨毯，然後又把它拔起來，一撮撮地很有次序地排列著插在田裡，一排排整齊得跟用尺量過似的。她看聰聰做得那麼好，也要下田去幫忙。長根公公並不攔阻她，因此她的一雙小胖腿兒就老是浸在爛泥裡了。

「花生米，你弄得這麼髒，回城裡媽媽不要你了。」劉

大嬸逗她說。

「不要我，我就一直在鄉下。」花生米很有主意地說，「我要在鄉下讀書。」

「聽聽哥哥都要去城裡讀書了。」劉大嬸說。

「那麼我帶了鵝去，聽聽哥哥帶了阿黃去。」

「鵝倒可以帶，阿黃怎麼帶呢？」

聽見母親這麼說，又勾起了聽聽的心事。他默默地帶著他的阿黃在田間工作，小鈴鐺在牠頸上發出清脆細弱的叮叮聲。他忽然覺得阿黃非常寂寞；如果他去讀書了，誰陪牠出去吃草？冷天裡，誰給牠準備乾糧呢？阿黃走到溪邊去喝水，他站在牠身邊。在溪水的倒影裡，他發現自己很瘦弱，好像保護不了阿黃。他伸手摸摸阿黃的頭，阿黃的眼睛水汪汪地看著他，好像有無限情意似的。

母親在家忙著包粽子，因為今天是端午節。端午節是個快樂的日子，花生米已經盼了好久了，可是聰聰卻好像心事重重的樣子。

「聰聰哥哥，你好像不快樂？」花生米問他。

「我不知道究竟去城裡讀書好呢，還是在鄉下一直給人做零工好。」

「爺爺說你應當讀書，大嬸也要你讀書啊。」

「可是阿黃呢？」

「大嬸說不能帶去。等你走了，她就會賣掉牠。」

「我要長根公公替我想辦法。」

中午時，他們帶著阿黃回來，在後門就看見長根公公，一手端著碗，一手用樹枝蘸著到處灑。

「灑的是什麼呀？」花生米問。

「雄黃酒，避邪氣和毒蟲的。來，我用這種酒在你的額上畫個『王』字，毒蟲就不敢咬你了。」

聰聰伸一個手指頭蘸了點雄黃酒，也在阿黃的額上畫了個「王」字，然後把牠送回牛欄去。

「長根公公，我去城裡讀書，阿黃怎麼辦呢？」聰聰瞅著母親不在，輕輕問道。

「放在我家牛欄裡，我家的母牛要生小牛了，反正得再請個小幫工的。」

「那太好了。長根公公，您對我真好。」聰聰這才放心了。

走進廚房，聞到一股撲鼻的香味。

「哦，好香，什麼好菜？」長根公公問。

「聰聰哥哥，你看，這麼大的鴨子。」花生米嚷道。

「不是鴨子，是鵝。大嬸的拿手菜，燻鵝。」長根公公說。

劉大嬸沒有作聲，可是她顯得一臉抱歉的神情。

「媽，哪來的鵝？」聰聰已經感到不對，轉身跑向後院去找花生米送他的白鵝，可是白鵝已經找不到了。花生米也追出來，卻看見牆角一堆白毛。她喊道：

「聰聰哥哥，你看這裡。」

聰聰知道了白鵝的命運，他心頭感到萬分的氣忿和悲傷，沒想到纔出去半天就失去一個朋友。他沒有盡到保護白鵝的責任，覺得對不起花生米。他也怨媽媽不守信用。他哭著跑回廚房去，大聲地問母親：「媽，您為什麼殺掉我的鵝？」

「我想來想去，過節總得有隻鵝；可是買起來太貴，只好把牠殺了。」劉大嬸說。

「您答應我不殺牠的，您為什麼騙我？」

「我沒有打算騙你，你聽我說……」

「我不要聽，我不要聽，……」他又跑出後門，向田埂上跑去。

「長根公公，您去勸勸他，我心裡很後悔。」劉大嬸流著眼淚說。

花生米嚇得呆了，她眼望著桌上燻得黃黃的肥鵝，和自己送給聰聰的那隻鵝一點兒也不像了。牠的脖子被扭曲著扳到背上，眼睛半開半閉，腳也蜷曲著。那麼活潑的白鵝，怎麼會變成這個樣子呢？劉大嬸為什麼要燻了牠呢？

長根公公牽著她的手，走到後門外，遠遠看見聰聰坐在路邊石頭上；她走向前去說：

「聰聰哥哥，那隻鵝好可憐啊！」

「要是早知道牠這樣下場，你還不如不送給我呢。」聰聰悲傷地說。

「聰聰，別哭了，你媽心裡也很難過。」長根公公拍著他的肩膀說。

「她要是難過，就不會殺牠了。」

「如果不殺牠，又得花錢買一隻，一樣的也是殺。」

「難道過節非吃鵝不可嗎？」

「大人的事和你小孩子的想法不同，你再長大點就懂了。」

「我不要懂，媽就只知道省錢，一點也不想想。多可愛的鵝，一天天長大了，牠那麼和你好，相信你，牠怎麼知道你會殺牠呢？」

「這是沒辦法的，聰聰，這隻鵝是你的朋友，你愛牠；可是還有千千萬萬的鵝、雞、鴨，人們把牠們養大了就為著要殺來吃。莊稼人就靠這個生活。我問你，你不是喜歡摸田螺嗎？田螺在田裡也是自由自在的，你卻把牠捉來餵鴨子，不也是很殘忍的嗎？世界上的事，許許多多都是這樣的，你想通了就好了。現在你快把眼淚擦乾了進去吃飯，別再讓你媽傷心了。」

「我不要吃飯。長根公公，我不要再看見那隻燻得焦黃的鵝。」

「聰聰哥哥，大嬸在哭呢。你不回去吃飯，她一定哭得更厲害了。」花生米拉拉他的胳臂。

「你沒看見那隻鵝半開半閉的眼睛嗎？」聰聰悲傷地問她。

「看見了，好可怕。」

「我永遠不吃鵝肉了。」

「我也不吃。」

「但是你還是應該去吃飯，不要跟媽媽賭氣，她只有你一個兒子啊。」

聰聰用手背抹去眼淚，隨著長根公公和花生米進來。燻鵝已經拿開了，聰聰把頭低下去，望著桌上自己的飯碗。他心裡充滿了悲傷，也充滿了問題。媽媽那麼仁慈，卻為什麼要殺掉一隻活活潑潑的鵝？媽媽那麼愛他，卻為什麼不能遵守對他的諾言呢？花生米望著劉大嬸紅紅的眼圈，在心裡想：「劉大嬸做錯了一件事，聰聰哥哥跟她吵了嘴，她哭了；原來大人做錯事情也會哭的。」

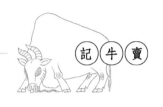

五

聰聰提著滿滿一籃雞蛋要去賣，劉大嬸對他說：「聰聰，現在田裡的工作不忙，你讓阿黃休息休息，今天不要帶牠出去了。我會放牠在後門口吃草的。你跟花生米痛痛快快地玩半天吧。」

聰聰正想帶花生米釣魚去，就滿口地答應了。他把雞蛋送到長根公公店裡，就去找花生米。

「聽聽，」長根公公噴著旱煙，慢吞吞地喊了他一聲，

「你今天沒下田嗎？」

「沒有，媽媽說讓阿黃休息一下。」

「你媽跟你說了什麼嗎？」

「沒有啊。」

「你家裡有客人嗎？」

「沒有，您有什麼事嗎？」

「今天你媽要跟我商量買墳地的事，我回頭會去的。你去找花生米玩吧。」

聰聰找到了花生米，卻立刻改變了主意，他說：「花生米，我忽然不想釣魚了，你陪我回家去好嗎？」

「大嬸要你做事？」

「不是，她叫我跟你玩，今天別帶阿黃下田。」

「那不很好嗎？」

「可是剛纔長根公公說話的神氣，叫我很奇怪。」

「怎麼奇怪？」

「他好像有什麼事沒跟我說出來。我有點不放心，我回家看看阿黃。」

「好，我跟你一起去。」

他們走出大門，卻被長根公公喊住了。

「聰聰，你慢點兒走。」

「什麼事？」

「聰聰，你媽只你一個兒子，你是她的命根子，是不是？」

聰聰點點頭。

「那麼，不管你媽做了什麼事，都是為了你，你一定明白這一點的。」

聰聰點點頭。

「你媽是個很能幹很有主意的人，她的性格又非常好強，因此她決定要做一件事，別人是改變不了她的，你知道嗎？」

「長根公公，您說這些話是什麼意思呢？」

「我的意思是說，如果你媽媽決定要賣阿黃，也是她想了好久纔決定的，沒有人能勸得住她；所以你最好也不要管這件事了。」

「長根公公，媽真的要賣阿黃嗎？」聰聰頓時想起媽媽叫他別帶阿黃出來，緣故就在這裡了，「她跟你說了嗎？」

「哼，我勸她也沒用。」

「花生米，快走！」聰聰轉身拔步就往家跑。花生米在後面追著，心裡在想，大嬸不會賣阿黃的。她已經做錯過一件事，殺了白鵝，她已經哭過了。

聰聰從後門跑回家，阿黃沒有在外面吃草，再跑進牛欄，一看牛欄竟是空的。花生米送的那一串三個鈴鐺掛在木柵門上。

「媽，阿黃呢？」他大聲喊叫起來。

「聰聰，你過來，我有話跟你說。」

聰聰像木頭似地站著不動。花生米也來了，呆呆地站在

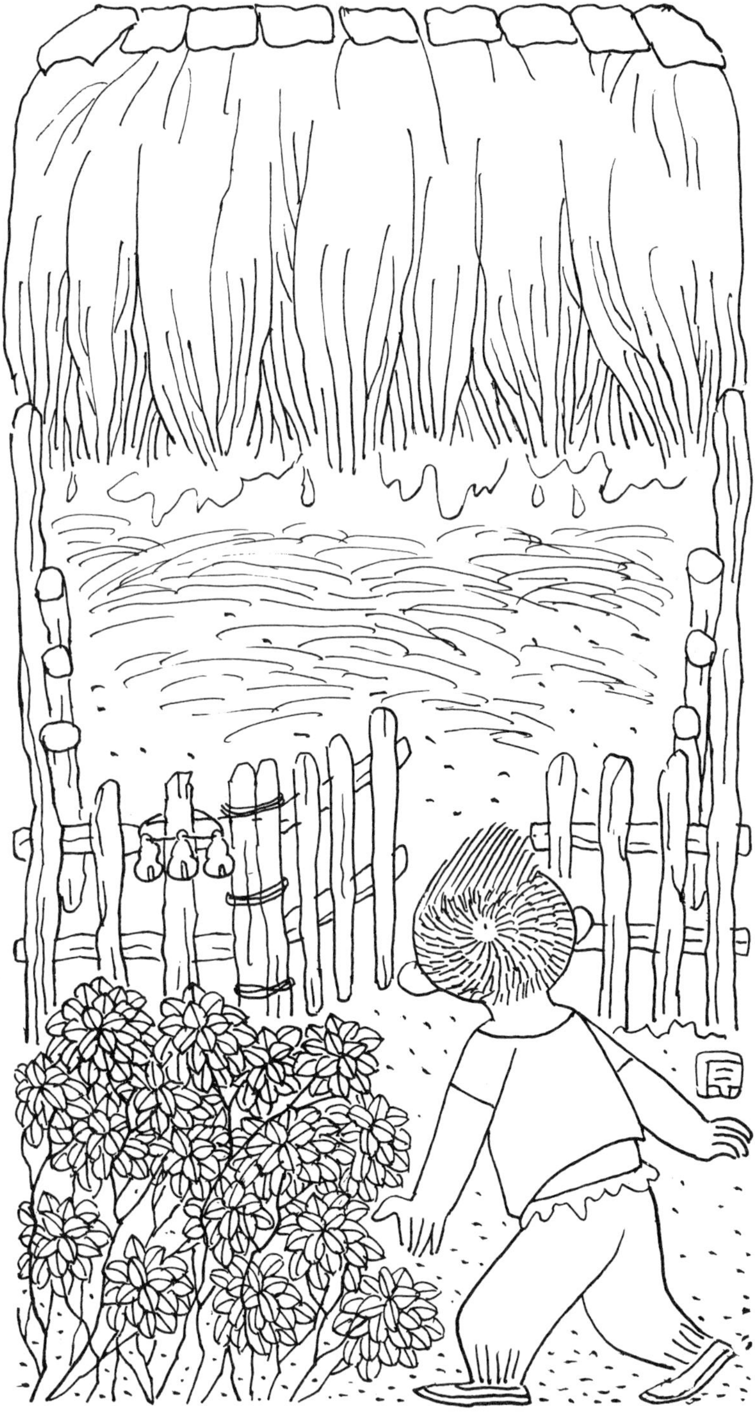

一邊，伸手取下木柵上掛著的鈴鐺。她輕聲問道：

「聰聰哥哥，阿黃呢？鈴鐺為什麼摘下來了？」

聰聰看見母親手裡捏了厚厚的一疊鈔票。

「媽，告訴我，阿黃到哪兒去了？您不是說讓牠休息的嗎？」

「阿黃賣掉了。早上城裡來了牛販子，把牠帶走了。」劉大嬸顫巍巍地說。

「您答應過我不賣的，您又騙我了。」聰聰吼著。

「我沒有騙你，我沒有說不賣。牛是非賣不可的，為了你爸爸的墳，和你進城讀書的錢。」

「我不要讀書，我不要拿阿黃性命換來的錢去讀書。」

「你不要讀書，難道你爸爸的墳也不要做嗎？」

「媽，您為什麼一定要賣阿黃，您知道買老牛的人是要殺牠的嗎？」

「顧不了這許多了。聰聰，我們第一要先為自己想，畜牲到底是畜牲。」

「牠為我們做這麼多事，對我們這麼好；現在老了，您就把牠賣了，您好狠心啊！」聰聰的眼淚像泉水般湧出來。

「牛不像人，老了不能養牠一輩子。再耽誤下去就更不值錢了。」

「您把牠賣了，我倒要把牠找回來。」聽聽這樣想著，轉身跑出後門，花生米把三個鈴鐺在手心攥得緊緊地，跟到外面，悄悄地問道：

「聽聽哥哥，你真的要去找嗎？」

「我一定要去。」

「帶我一同去好嗎？城裡好多地方我都去過的，我可以領路。」

「我要去的是宰牛場，你找不到的，我也得到處打聽呢。」

「找到了馬上帶回來，放在我爺爺家。」

「可是人家花錢把牠買去了，想要把牛牽回來，要用錢贖的。我一個錢也沒有，阿黃給我掙的錢都交給媽媽了。」

「我有，我馬上去拿給你；可是你一定要帶我去。」

「花生米，你還小，別去了；長根公公會不放心的。我一個人去比較好。」

「你不跟大嬸說嗎？」

「我纔不說呢，找不到阿黃，我就不回來。」

「聰聰哥哥，別這樣，大嬸會哭的喲。」花生米心裡想，大嬸一定又在哭了；因為賣掉阿黃這件事，她又做錯了。

花生米拉著聰聰到她家，她在小荷包裡取出一張摺疊得小小的鈔票遞給聰聰說：「十塊錢，給你贖回阿黃。」

聰聰明明知道十塊錢無論如何不夠贖回阿黃的，可是他現在已經沒有工夫想那麼多了。第一是趕緊找到殺牛的地方，把阿黃救回來。想到阿黃那雙潤濕的眼睛望著他的那一份情意，他恨不得一腳就跨到了城裡。

花生米把三個鈴鐺放在聰聰手心裡說：「帶著鈴鐺去，

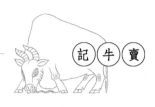

媽媽說帶了鈴鐺會有好運氣。」

聰聰把鈴鐺放在口袋裡，就急急趕向船埠頭。小火輪再過半個鐘頭就要開了，他取出鈔票，買了一張船票，他覺得十塊錢換開來也有一大把了。可是贖一條牛究竟要多少錢呢？看母親手裡那一疊鈔票，他到哪兒去掙一疊鈔票呢？

他把錢放在口袋裡，裡面的鈴鐺在叮叮地響著，可是現在聽起來，聲音是多麼悲傷啊！

六

聽聽長這麼大，這還是第一次坐小火輪。在不太廣闊的河中心飛快地駛著，浪花從船頭的兩邊散開，打向兩岸，好像連河水都上漲了好多似的。他每回帶阿黃到埠頭馱運貨物，都想有一天能夠坐小火輪到城裡逛逛。今天他真的坐上了，心裡卻一點也不快樂，對兩岸漸漸向後退的美麗風景，他也無心欣賞。現在太陽已經偏西，到城裡就快天黑了。他一個人，人地生疏，摸索到什麼地方纔能找到宰牛場呢？

船上的乘客大部份都是在村子裡來來去去做生意的人，聽聽每天幫著運東西，他們都認識他，船伕也認識他。有人奇怪地問聽聽：

「你去城裡幹什麼呀？」

聽聽搖搖頭不回答，他想說出來人家會笑他，還是不說的好。到了城裡，再向警察打聽，一定會知道的。他聽說殺牛都在晚上，他得趕著當晚就找到阿黃，不然就危險了。

船到城裡了，埠頭上燈火輝煌，人聲嘈雜，完全不像鄉下埠頭那樣，只有稻田裡青蛙的叫聲和牛蹄踩在田埂路上咯咯的聲音。這裡的一切對他都太陌生了。他心裡有點害怕，可是他又慶幸自己有這樣大的決心，馬上來到城裡；為了阿黃，他是不怕到任何地方去的。

他上了岸，隨著人群走向大街。他想大街上一定可以找到警察的，果然他看見一個警察站在街心，他走上前去很有禮貌地問道：「警察先生，請你告訴我城裡有幾個宰牛場啊？」

警察驚奇地把他從頭看到腳說：「你要問宰牛場幹什麼？」

「我要找回我的牛。」

「你的牛被偷了嗎？」

「沒有，是被人買去的。」

「那你怎麼可以再找回來呢？」

「牠是我的好朋友，我一定要找到牠的。」

「你去問問菜場裡賣肉的人吧，他們一定知道的；可是現在都收攤子了，明天纔有。」警察對他笑笑，走開了。

天已經漸漸黑下來，他越來越心慌，徘徊在十字路口，不知朝哪個方向走纔好。他後悔沒有帶花生米一起來，她生長在城裡，熟悉得多，也可以到她家裡問問大人。他更後悔怎麼會忘了問花生米的家住在哪裡呢。

他正這樣猶疑著，忽然聽見遠處街角有打鑼的聲音，好多大人孩子都跑上前去；他也跟著跑過去一看，原來是一個長了滿腮連鬢鬍子的老頭兒，正敲著一面大鑼，嘴裡喊著：「各位先生，請來看看；我的膏藥靈不靈，一看就知道了。」然後他放下鑼，脫去了上衣，拿起一個鐵錘，在人群圍成的圈裡，一邊走一邊用右手使出全身的力氣，向左面的胸脯錘著，一下一下地，越錘越起勁。眼看胸前鼓起一大塊青腫，

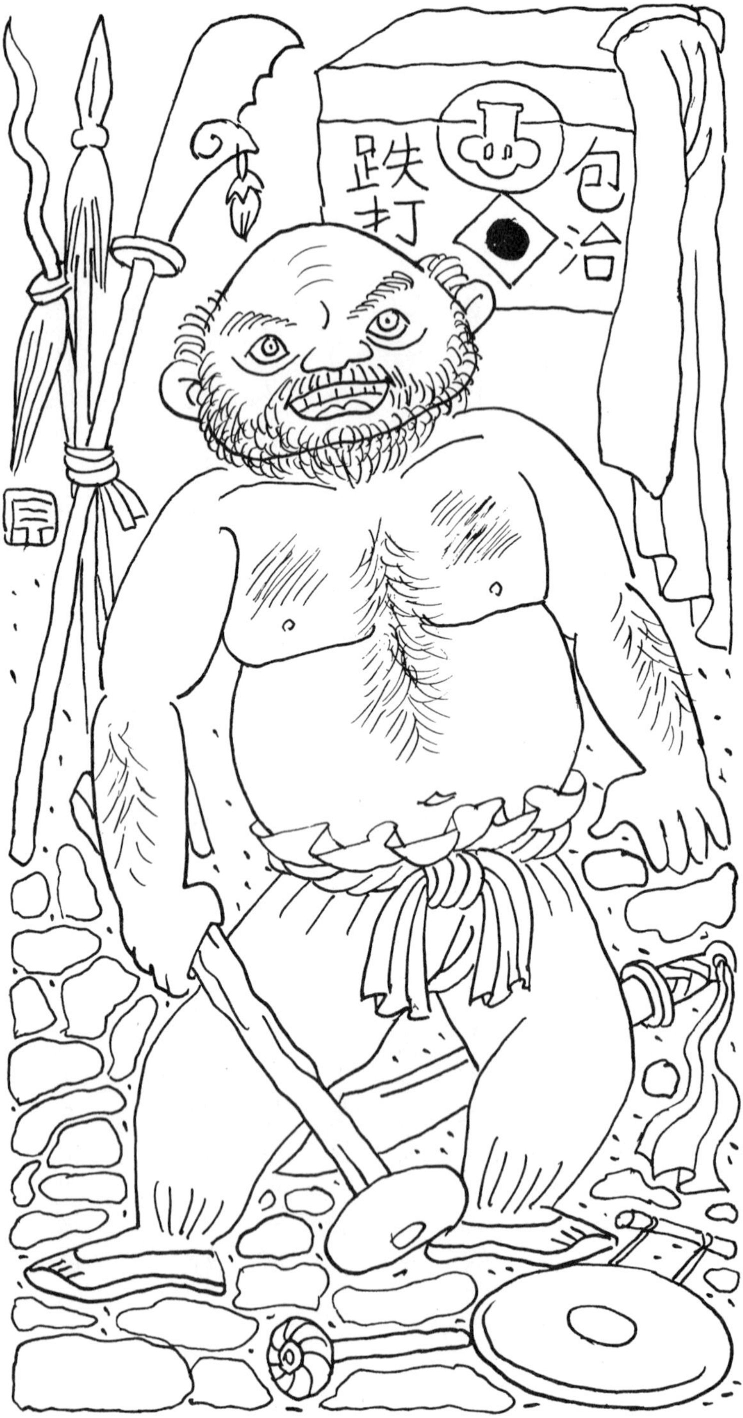
包治
跌打

聽聽看得又害怕，又吃驚，卻見他丟下鐵錘，指指那塊青腫說：「各位先生看，這大塊青腫，我只要貼上一帖膏藥，一下子就好了。」說著，他就攤開一張大紅布膏藥，往傷處一貼，拍拍胸膛說：「靈不靈當場試驗。各位先生請看說明書。」他打開小木箱，取出許多說明書，挨著人牆一個個地分。分完一圈，忽然大聲喊道：「各位現在請看。」他把胸前的膏藥一揭，那塊青腫已經沒有了。人堆裡湧起一陣笑聲，他又捧著箱子向大家兜生意，連聲說：

「各位客人，請不要走，請買我的一帖萬靈膏藥。」

有的摸出錢向他買一張，有的只扔給他幾個毛錢，就紛紛散開了。聰聰心裡想，這就是長根公公說過的，走江湖賣膏藥變戲法的人了。可是這個人年紀這麼老，頭髮鬍子都花白了，還各處表演，用鐵錘敲胸膛，敲出一大塊青腫總不會是假的吧？就算是變戲法，也是很辛苦的啊！他邊想邊把手伸進口袋裡，摸著買船票剩下的一把錢，心想我知道贖阿黃要很多錢，每一塊錢我都應當省下來。可是眼前這個老人，滿頭大汗地伸著雙手向人賣膏藥，就是大家都買他一張，他又能賺幾個錢呢？他忽然覺得老人很孤單，很辛苦。不由得

拿出一塊錢輕輕地放進了小木箱裡。老人抬起眼睛向聰聰看了半晌，問：「你要買很多膏藥嗎，小孩？」

聰聰搖搖頭。老人撿起那塊錢再問他：「那麼這塊錢是幹什麼的？」

「送給您的。」聰聰向後退了幾步，打算走開。

「小孩，別走，你把錢拿回去；我不要騙小孩子的錢。」

「您沒有騙我的錢，老伯伯，是我自己要給您的。」

「你給我？看你並不是個有錢的孩子啊！」

「我沒有錢，這幾塊錢還是朋友借給我的。」

「你不像個城裡孩子，你叫什麼名字，是幹什麼的啊？」

「我叫聰聰，是剛剛從鄉下來的，我來找我的阿黃。」

「阿黃？」

「哼，牠是我家的牛，我們是好朋友，一天也沒有分開過。」

「那牠怎麼會跑到城裡來呢？」

「是我媽媽今天早上把牠賣了，我捨不得。聽說人家買老牛要殺了吃肉，我無論如何不能讓牠就這樣死了，所以趕進城裡來找牠。」

「傻孩子，這麼多的牛，這麼大的城市，你上哪裡去找呢？」

「老伯伯，您肯陪我去找宰牛的地方嗎？」

「今早上剛賣的，不會這麼快就殺的，我幫你打聽一下。」

「謝謝您，老伯伯，您貴姓？」

「我姓張，大家叫我張膏藥。」

「我喊您張伯伯。」

「好，你真懂事。我問你，你媽為什麼要賣牛呢？」

「她說牛老了，再不賣就更不值錢了。我家裡窮，做爸爸的墳要錢，我進城讀書也要錢。可是我寧可不讀書也不能賣掉阿黃。您不知道，阿黃是跟我一起長大的，牠幫我們做了好多事，不能因為牠老了就不要牠呀。」聰聰滿眼噙著淚水。

「你說得對，聰聰。可是你媽已經把牠賣了，你就是找到了，又怎麼能帶牠回去呢？那是要用錢贖的啊，你有那麼多的錢嗎？」

「我不知道贖牠要多少錢，我只有十塊錢，還是花生米借給我的，買船票已經用去幾毛了。」

「花生米是誰？」

「是我的好朋友，長根公公的孫女兒。這三個鈴鐺也是她送我給阿黃掛的。」他從口袋裡把鈔票和鈴鐺都掏出來。他很相信花生米的話，鈴鐺會給他帶來好運，阿黃一定找得回來。他把鈴鐺遞給張膏藥，張膏藥接過來，鈴鐺在他的大手掌心裡發生微弱的叮叮之聲。這聲音陡然使他想起了自己木箱裡的兩個小鈴鐺。

他雙手捧起聰聰的臉，仔細地端詳著他。

「你今年幾歲了？」

「十二歲。」

「你進城來，你媽媽知道嗎？」

「不知道。」

「你不怕媽媽看不見你會著急嗎？」

「媽不該賣掉阿黃的。找不到阿黃，我就不回家。」

「傻孩子，你的心真好。你現在先跟我回家住一晚，我認識幾個牛販子，明天我幫你打聽阿黃的下落。」

「謝謝您，張伯伯。您對我太好了。」

七

聰聰看張伯伯的家只是街角一間小小的木板屋。裡面只有一張小竹床和兩張竹矮凳，連桌子都沒有。他們的晚飯就在竹床邊上吃的。聰聰吃了滿滿兩碗白薯煮飯，張伯伯還特地給他買了一個鹹鴨蛋。他吃得飽飽的，覺得張伯伯跟長根公公一樣，也這麼慈愛，對他這麼好。他想找到了阿黃，那個買阿黃的牛販子一定也是個和氣的好人。他求他把阿黃先還給他，他再做工掙錢還他，一定也會答應的。於是他滿懷希望地問道：

「張伯伯，您能給我找一個工作嗎？我有力氣，可以幫著在船埠頭搬運東西。」

張膏藥望著他稚氣的眼神，半晌半晌，搖搖頭說：「聽聽，無論找到找不到阿黃，明天你還是趕緊回家。你不知道你媽急成什麼樣子了。阿黃固然是你的好朋友，但是你更不能叫媽媽傷心。」

「不，我不回家，我要做工掙錢贖回阿黃來。」

「好孩子，你有這份心，你的牛一定找得到的。」張膏藥的仁慈的心裡，已經決定要幫聰聰找回他的阿黃來。

「你放心好好地睡。我出去看個朋友。」他在床下拿出一個瓦罐就走了。

大陸七月下旬的天氣非常涼爽，銀白色的月光從木板縫中瀉進來，風吹著門環叮叮作響。他閉上眼睛，卻想起媽媽在昏暗的燈光下縫補衣服時，憔悴的面容。想起長根公公那張吱吱咕咕的太師椅，和他敲著旱煙管講故事的神氣。想起

花生米遞給他十塊錢時的那隻白胖小手，和充滿信賴的眼神。更想起家裡空空的牛欄。他忽然覺得自己不該這麼躺著，應該連夜出去找阿黃才對。可是他上哪兒去找呢？張伯伯答應替他打聽牛販子，他只有耐心地等了。過度緊張和疲勞，終於使他呼呼地睡著了。

他是被張膏藥輕輕搖醒的。

「聰聰，快醒醒，起來看看門外面。」

「門外面有什麼？」聰聰揉著惺忪的睡眼。

「看站在那兒的是不是你的朋友？」

聰聰一骨碌翻身起床，跳到門外。

「阿黃，啊！阿黃，真的是你！」聰聰一把抱住阿黃的頭，一聳身，整個伏在牠背上，摟住牠的脖子，親牠，吻牠。

「牟……」阿黃張開大嘴叫了。聰聰懂得阿黃在跟他說什麼，這叫聲是興奮的，也是悲傷的。他們分別才一天一夜，卻比一年還長，因為聰聰差點看不見牠了。

「張伯伯，您怎麼找到牠的？您又怎麼認識阿黃呢？」聰聰感激得聲音都顫抖了。

「我有一個在市場上當牛販子的朋友。我去找他，請他打聽有沒有人昨天剛從鄉下一個寡婦手裡買來一條黃色老牛；問了好幾個人，總算被我打聽到了。我也不能確定這是不是阿黃，所以先牽來讓你認一下。現在是阿黃就好了。」

「可是牛販子怎麼肯馬上讓我牽走呢？我得拿錢贖啊。」

張膏藥用慈愛的眼神看著聰聰說：

「那個牛販子是我的朋友。我把你怎麼也捨不得跟阿黃分開的事告訴他，他很感動，說：『這個孩子既然跟牛這麼好，這條牛如果真是他的，我也不忍心把牠賣到宰牛場去，就照本錢還給他吧。』」

「可是我現在沒有錢還他啊！」

「聽聽，你只管把阿黃帶回家吧。錢，張伯伯會想辦法的。張伯伯有一瓦罐的錢，足夠代你贖牛了。」

「那怎麼行？張伯伯，我一定要做工賺錢還您的。」

「好，好，以後再講。等你長大了，書念好了，再掙錢還我。那時候我纔高興呢。」

「那要等多久呢？張伯伯，我現在初中一還沒念呢。」

「只要你肯用功，一年年往上升，會很快很快的。張伯伯一定等你。」

聰聰用一隻手挽著阿黃的犄角，呆呆地抬頭望著張伯伯。張伯伯的慷慨幫助和眼前的阿黃，使他像在做夢似的。

「張伯伯，您今年多大年紀了？」聰聰傻愣愣地問，望著張膏藥滿是皺紋的臉。

「你怕我太老了，等不及看你長大，把書念好了是不是？你放心，張伯伯身體壯得很，我一天用鐵錘錘幾千下胸膛都不要緊呢。」他又笑了。他從聰聰睜得大大的眼睛裡，尋回了他幾十年來失落的東西。他高興極了，他覺得他並沒有白白糟蹋了這辛辛苦苦地積蓄下的一瓦罐錢，他是把它用在一個最可愛的孩子身上了。

「好孩子，聽我的話，你趕緊把阿黃帶回家，好讓你媽媽放心。過些日子，你來城裡進中學時，再來看我。」

「好，我聽您的話就是了。張伯伯，我想媽會讓我把贖阿黃的錢送還您的。」

「不要還，聰聰。我說過不要你們還的，那筆錢留給你讀書，這比我自己用了更高興。」

「張伯伯，您為什麼對我這麼好？」

張膏藥半晌沒有回答，一手緊緊地摟著聰聰，一同走進屋子，在竹床上坐下來，慢吞吞地說：

「你看張伯伯一個人很孤單是不是？」

「哼。」

「我以前有一個孩子，如果長大了的話，可以做你的大哥哥了。」

「他沒有長大嗎？」

「沒有。」

「為什麼呢？」

「因為他沒有了媽媽，我把他放在籃子裡挑來挑去，起先他咿咿呀呀地唱歌，小拳頭小腳也常常舞動，但是他沒奶吃，天又太冷，他一天天地變得非常瘦弱，又傳染上了痲疹。你知道痲疹是要特別當心的，但是他還得躺在小籃子裡，風吹太陽晒，他受不住了。有一天他不再唱歌了，小拳頭小腳也不再舞動了。我把他抱回到家鄉，睡在他媽媽的墳邊，讓他們在一起作伴。」

「張伯伯，您一定哭得很傷心。」聰聰望著他微紅而疲倦的眼睛。

「我只哭過一次，後來就不哭了。因為我想他在媽媽身

邊比在我身邊更好。每天晚上，我躺在床上，就可以在心裡跟他說話，我好像看見他在媽媽懷裡，一天天長大了。」

「可是您現在又哭了。」聰聰看見他臉頰上的淚水。

「那是因為我看見了你，我太高興了。」他忽然想起什麼，打開木箱，在箱蓋的袋子裡取出一張摺疊著的又舊又黃的紙，打開來，上面卻是一隻嬰兒的腳印。五隻圓圓的小腳趾，一個尖尖的腳後跟，一共不過幾寸長。

「你看，」他說，「這是他的小腳板，多好玩！如果他還活著的話，一定長得跟大人的一樣大了。」

他又萬分愛惜地把它摺起來，放回箱蓋口袋裡，又在箱底取出兩個鈴鐺，遞給聰聰說：

「這是他媽媽套在他兩手上的。現在我把它送給你，你自己拿一個，一個送給你的朋友花生米。」

「張伯伯，您自己留著做紀念啊。」

「不，鈴鐺要讓它叮叮的響才好，你們拿著長命百歲。」

「謝謝您！」聰聰把口袋裡那三個鈴鐺拿出來，掛在阿黄的脖子上，把這兩個放進口袋裡。他想起花生米說得真不錯，鈴鐺會給他帶來好運。可是張伯伯卻說：「聰聰，這三個鈴鐺太小了，套在阿黃脖子上不合適，我給你買一串大的吧。」

聰聰覺得張伯伯給他的已經太多了，但是張伯伯要給他的，他也不能拒絕。所以張伯伯就帶著他，牽了阿黃上街，買了一串黃銅大鈴鐺，阿黃跟著這一老一小，精神抖擻，牠好像已經明白，從此以後，不必再擔心有一天會離開主人了。

聰聰把三個小鈴鐺摘下來，再把那一串大鈴鐺，穿過牽阿黃鼻子的繩子，掛在牠的脖子下面，叮叮噹噹地響著。牠走起路來，四條腿配合著鈴鐺聲，也顯得格外有勁了。張亭藥陪著聰聰，牽著阿黃到船埠頭，代他僱了一條平底船，讓阿黃四平八穩地臥在當中，聰聰在船頭上坐著。他依依不捨地問張膏藥：

「張伯伯，您什麼時候來鄉下呢？」

「等我收齊了一筆賬就來。」

「一筆賬？」

「哼，你還不知道張伯伯是個大財主呢。」

他摸摸滿腮的連鬢鬍子，咧開厚嘴唇，笑得好高興。他幫船伕把船推離了埠頭，對聰聰搖搖手說：

「可別忘了來城裡念中學喲！」

「我一定來，張伯伯。」

一個純厚天真的孩子，一條健康的老牛，在早晨杏紅色的陽光中，被搖搖擺擺的船帶向他們可愛的家。張膏藥眼睛睜得大大的，一直望著他們遠去，彷彿自己也回到了久別的溫暖家鄉。他因為打聽阿黃的下落，奔走了一夜沒睡。眼睛原感到有點枯澀，現在卻因為太快樂而漸漸潤濕了。

聰聰不時地伸手撫摸阿黃的肚子、脖子，又用手指去撥撥大銅鈴。銅鈴發出溫柔而美妙的聲音。阿黃也似乎聽懂了，牠伸出大舌頭來舔舔嘴巴，舔舔小主人的手背。

「阿黃，你知道嗎？要不是張伯伯，你差點就被送到一個很可怕的地方去了。」

阿黃眨著一雙汪汪的眼睛，似懂非懂地默默看著聽聽。

「阿黃，你得賣力氣工作喲！你纔不老呢，你是一條很強壯的牛啊！」

阿黃濕漉漉的鼻孔抽了幾下，尾巴左右搖擺，似乎在回答小主人說：「你放心好了，我強壯得很呢！」

八

兩岸微風吹拂，江南仲夏的清晨已經有點涼意。澄藍的河水，泛起一縷縷的金光。雪白的細浪從船頭向兩邊分開。遠處的青山，和近岸碧綠的田野向後緩緩地移動。聰聰這時纔覺得這條彎彎曲曲的河水真美，跟他頭一天早上來時完全不同了。他想，如果以後媽媽讓他來城裡念書，每個星期天，他都要帶花生米搭小火輪回鄉下來看媽媽和長根公公，還有阿黃，多麼好啊！

聰聰想起了媽媽，他恨不得一步就跨到家。儘管兩岸風景是這樣好，濃密的楊柳樹和盛開的夾竹桃都好像在向他招手，但是他還是嫌船划得太慢，這條河太長了。早班的小火輪已經下鄉，當它駛過這條平底船的旁邊時，船被掀起的波浪抬得高高的，又慢慢滑下去。他伸手挽著阿黃的繩子，拍拍阿黃的頭頂說：「阿黃不要怕，這是一個小小的波浪，一會兒就過去了。你是鄉下出身，跟我一樣，沒經過風浪呢！」

阿黃把下巴摩了幾下，嘴邊的銅鈴又叮玲噹瑯的響起來，看樣子，阿黃是餓了。

「一回到家，你就有最新鮮的青草吃了，還有媽媽給你調的雞蛋酒，你得好好兒補一下了。」

小火輪去遠了，好幾個人從窗口伸出頭來，看聰聰和他的大牛，眼中露著驚奇的神色。聰聰得意地對他們揮揮手，心裡自言自語地說：「你們哪裡知道，我跟阿黃差點兒見不著了。」

快到鄉下的船埠頭，遠遠地看見岸上一個矮矮的人影，等漸漸走近了，聰聰纔認出那是花生米。聰聰興奮地喊：「阿黃快起來，我們到家了！」

他拉著阿黃站起來，船還沒有靠岸，花生米老遠地就喊：「聽聽哥哥，你回來了？阿黃也找到了？你是怎麼找到阿黃的？聽聽哥哥，你快說呀。」

花生米連珠砲的叫喊，聽聽一時回答不上話來，就只有咧開嘴傻笑。

「聽聽哥哥，快上岸！大嬸哭了好多次了。」

「你怎麼知道我這時候回來呢？」聽聽問。

「大嬸、爺爺和我，在頭班小火輪到以前，就趕到這兒來了。大嬸想搭火輪去城裡找你。爺爺說再等一班看，也許你會回來；沒想到你真的坐小船回來了。大嬸和爺爺在那邊亭子裡坐著呢。」

「媽媽生氣沒有？」

「你跑了，她一直哭，我趕緊告訴她了。」

「我真後悔不該讓媽媽擔心。」

「阿黃是怎麼找到的？」

「等會兒再慢慢告訴你，我先去看媽媽。」

「來，阿黃，讓我牽著你。」她接過牽阿黃的繩子，「啊！

好大的鈴鐺，哪兒來的？」

「一位張伯伯給的，他還給我兩個小鈴鐺，叫我送給你一個。」

聰聰來不及拿鈴鐺給花生米，就三步兩腳地向亭子跑去。劉大嬸和長根公公也遠遠的看見他了。

「聰聰，你回來了！」媽媽的一聲呼喚，使聰聰忍不住哭起來了。一天一夜的分別，他好像經過了很多很多的世事，也長大了很多，懂得了很多。他知道自己不應該不告訴媽媽就跑，他嘗到了擔憂是什麼滋味，後悔是什麼滋味。他想起在城裡碼頭邊逡巡，抬眼一看全是陌生人的情景，孤零零睡在張伯伯床上，望著窗外冷清清月亮的情景，深深感到離開媽媽，一個人出去摸索，就像迷失在一片黑黑的森林中。如果不是遇到好心的張伯伯，他現在還不能回來，投在媽媽懷裡呢。

「媽，長根公公，阿黃找到了，已經帶牠回來了。你看，花生米牽著牠呢。」聰聰抹去眼淚，指向後面說。

「你能找到牠，真算有本領。」長根公公笑瞇瞇地望著他，有點不相信的樣子。

「一個賣膏藥的張伯伯幫我找到的。張伯伯拿了他自己的錢贖牠回來的。」聰聰把遇到張膏藥的經過，一五一十地說了一遍。

「聰聰，你怎麼可以要一個陌生人的錢呢？」

「媽，他不是陌生人，他對我就跟長根公公對我一樣好。」

「不行，聰聰，說什麼咱們也得把錢還給人家。」

「我也說過，回到家裡就送錢去還他，他說這筆錢留著給我去城裡念書，叫我把書念好了，他就比什麼都高興。」

「他是不是沒有孩子？」長根公公沉思地問。

「他原來有一個孩子，因為他天天把他放在籃子裡挑來挑去，後來出痲疹死了。他說要是那孩子活著的話，比我都高了。」

「怎麼死了？」一直站在旁邊，聽得呆呆的花生米很惋惜的問。她想一個小毛頭舒舒服服地睡在籃子裡，望著藍天，數著星星，吹著風，晒著太陽，多好玩，怎麼會死掉呢？

「他雖然對你這麼好，我們總不能拿他的辛苦錢；長根公公，我要還他的。」

「他不會要你還的，大嬸，他這番心，我懂。」長根公公慢條斯理地說。

「爺爺，請張伯伯也到鄉下來種田好不好？」花生米說。

「他說要來鄉下看我們的。」聰聰想起了口袋裡的鈴鐺，取出來，把張伯伯送的那兩個分一個給花生米，說：「這一個是給你的，張伯伯說帶了這個鈴鐺，會長命百歲。」

花生米把小鈴鐺放在手心裡，合上一雙胖手掌，叮鈴叮鈴地搖著。

「人家對我們太好，我們怎麼報答他呢？」劉大嬸止不住眼睛又潤濕了。

「仁慈的人是不指望報答的。只要聰聰以後努力讀書，做個好孩子，就比拿什麼報答他都好。」長根公公說。

阿黃已經吃飽了青草，也喝夠了水，花生米牽著繩子，用手撞撞銅鈴，響亮的叮噹聲使她彷彿看見了那位慈愛的張伯伯，提著銅鑼鐺鐺鐺敲著的神情。

「聰聰哥哥，你再講變戲法的事兒給我聽，他會翻跟頭嗎？」

「我沒見他翻跟頭，等他來了我們再問他。」

「他來了，一定會變好多戲法給我們看的。」

「他拿鐵錘錘胸膛的時候，使那麼大勁，我好替他擔心啊，可是一貼上膏藥，一會兒就好了。」

「真奇怪，我在城裡，媽媽帶我上街，怎麼從沒有看見過賣膏藥的呢？」

他們跟著長根公公和劉大嬸，老老小小四個人帶著他們的阿黃，一路走回家去。晚季的稻子，這時已經長得青青密密的，有半個人高了。將近中午的太陽，把稻子晒得放散出陣陣清香。微風吹拂著稻子尖，輕柔地擺動著。阿黃在熟悉的田埂路上慢慢走著，銅鈴聲有韻律地響著。花生米搖著手裡的小鈴鐺，蹦蹦跳跳地唱起歌來：「叮叮叮，我有一個小銀鈴；鐺鐺鐺，外婆請我吃糖糖；咚咚咚，吃飽糖糖要做工。」

劉大嬸一邊走，一邊盤算著怎麼還張伯伯這筆錢。長根公公拿長煙管當枴杖，把乾燥的爛泥田埂路敲得咯咯地響。

這時已將近正午，在田裡的農夫們，三三兩兩地向家裡走去。他們看見這一行老少四個，前前後後地伴隨著他們熟悉的阿黃走著。他們哪裡知道這一天一夜之間的一場小風波，和他們這時內心的快樂呢！

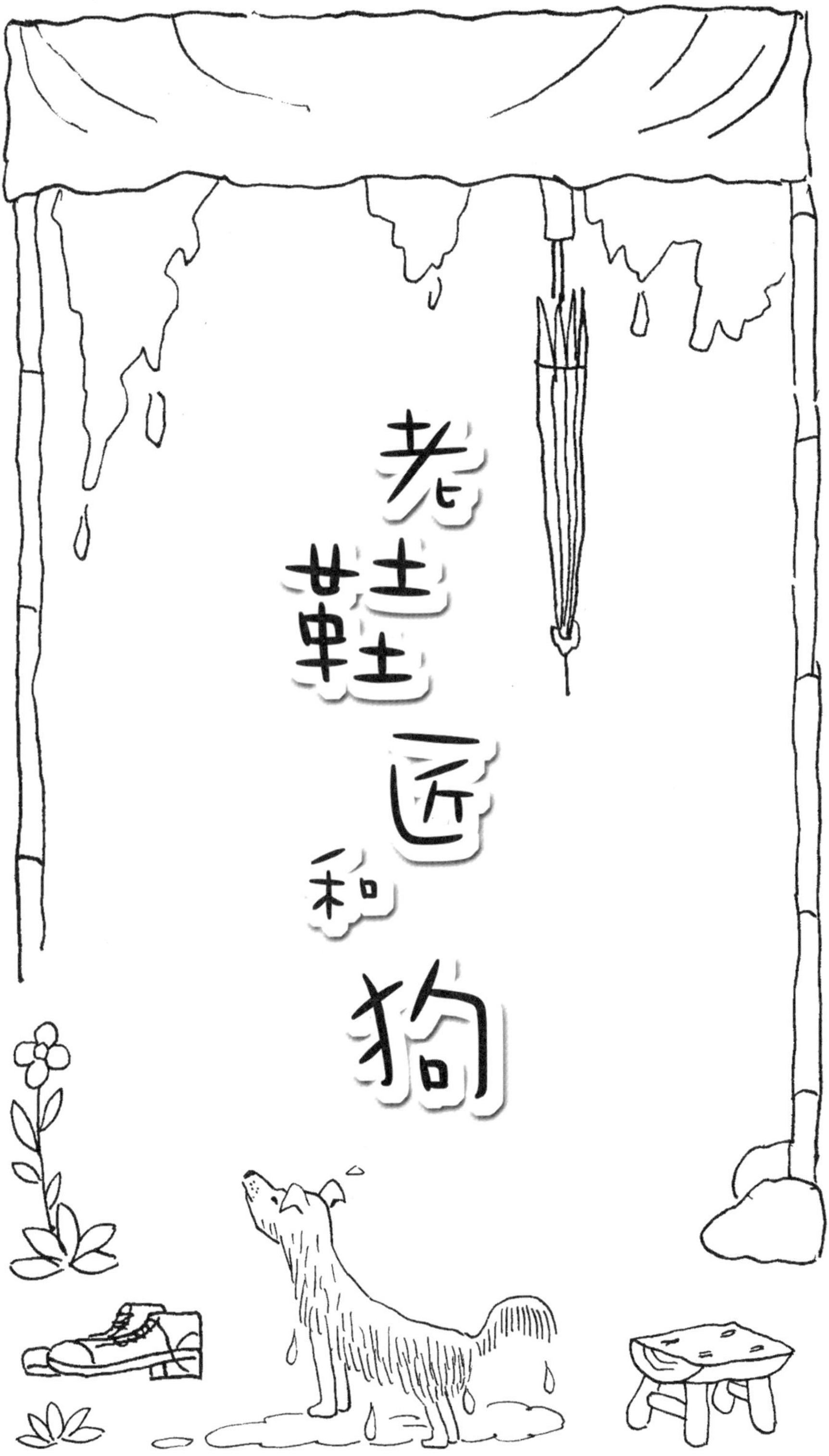
老鞋匠和狗

一排公寓房子的後門巷子口，四角稜稜的灰白水泥牆，被夏天正午的太陽晒得發燙。鑲在水泥裡的細砂石子，閃著亮光，把巷子照得好像更寬闊了。等到下午的太陽打斜以後，過堂風吹來，巷子裡馬上就涼爽了。老鞋匠陳福就看中這塊地方，擺下他的修理攤子。他靠牆支起兩根竹竿，掛上油布，搭起一個四四方方的棚架。灰撲撲的油布上，用黑油墨歪歪斜斜地寫著「修理皮鞋雨傘」幾個大字。油布隨著風兒飄啊飄的，倒真是一面大招牌。別看陳福字寫得不好，他的活兒可做得道地。他把一雙雙破舊的皮鞋，都縫補得扎扎實實的，

修理皮鞋雨傘

再抹上油，擦得晶亮，掛在木架子上，像一爿小型的皮鞋店。他討價便宜，又守信用，說什麼時候修好，就什麼時候修好，絕不叫主顧空跑一趟。因此，公寓的住戶和過往行人，都喜歡送皮鞋給他修理。至於修理雨傘，那完全是順便的。像是套一根細鐵絲啦，加一塊小鐵片啦，他都奉送。要換傘骨或縫傘面才收一點兒錢。老鞋匠做這份工作是為了掙飯吃，也為了興趣。他覺得一雙又舊又髒的皮鞋，經過他敲敲打打，縫縫補補，就變成跟新的差不多，實在是一件很有意思的工作。他認為世界上什麼工作，用心去做都是有意思的。什麼東西，也都是不該丟棄的。就說他架子上插著的這些傘柄傘骨吧，全都是破傘上拆下來的，卻都可以派上用場。一把傘，差一根骨子都不行，他把傘修好了，撐開來，也是扎扎實實的，看著主顧們打著它在大雨裡高高興興的走了，這就是他最大的快樂。

他年紀六十多了，老花眼鏡常常掉到紅紅的鼻子尖上，可是他並不認為自己已經老得不中用，年輕人有年輕人的工作，老年人有老年人的工作。世上沒有廢料，人尤其不能只吃飯不做事。

那天是個下雨天，他給人修理好兩把傘，把架子上的皮鞋都收到箱子裡，然後提起一雙張著大口的高統男童皮鞋來縫補，他看看這雙鞋，連車胎底都磨得只剩薄薄一層，鞋面皮子也裂了幾個口，實在太破了。搬來這巷子裡半個多月，他還沒修過這麼破爛的皮鞋呢。他一時想不起是什麼人送來的了。不管是誰吧，他還是找塊軟皮把鞋面補上，把裂口縫好。底上再加一片厚皮，用線緝得牢牢的。他想這家人家一定很儉省，捨不得給孩子買新皮鞋，所以他得格外仔細替他修補，好讓這孩子多穿些日子。

斜風雨慢慢的大了，老鞋匠真擔心會有颱風。平常日子，他晚上把兩隻木箱一拼合，點上一枝蚊煙香，就睡在棚子裡。可是颱風來了，他睡到哪兒去呢？他抬頭看看天色，天空灰濛濛的，雲腳長了毛，看樣子，颱風真的會來。他想如果有一個電晶體小收音機，就可以聽颱風消息了。他很想積點錢買一個，一面工作，一面聽新聞，聽廣播劇、小說、歌唱。最要緊的還是聽氣象報告。他這個攤子，跟天氣的關係太密切了。以前擺在騎樓下的人行道上，下雨天還不要緊。後來警察不許擺，他才擺到這兒來。這兒是露天的，小雨還好將

就，颱風可擋不住啊。老鞋匠是不大會發愁的，可是對今天的天氣卻發起愁來。下雨天生意清淡點沒關係，把他泡成個落湯雞怎麼辦啊。

他一邊想，一邊縫補皮鞋。忽然他放下皮鞋，打開一個奶粉罐子，抓出裡面的零錢，數一數，一共一百六十塊錢，這是他省吃儉用積蓄下來的。買一個電晶體收音機要兩百四十元，還得過幾天才夠呢。這時候，他聽見公寓樓窗口傳來收音機裡的歌聲，他不由得對自己咕噥起來：「早晚我自己會有一個，放在膝蓋上，愛聽什麼就聽什麼。」

他拉開木箱抽屜，看看老爺錶，已經十二點半，肚子餓了。他在奶粉罐裡拿了五塊錢，捧了個鍋子，到馬路對面小攤上去買一鍋飯，一撮韭菜炒豆腐乾，又切了三塊錢的牛肉。回來坐下慢慢的吃。他好久沒吃牛肉了，最近覺得人有點累，所以得吃點牛肉補一下。他正吃得有滋味，卻看見一隻瘦瘦的小黃狗，渾身濕淋淋的，走到他面前，搭拉尾巴，搭拉耳朵，無精打采的站住了。小鼻子一抽一抽的，看樣子牠是聞到牛肉的香味了。

「怎麼，你也想吃？」老鞋匠把拿著筷子的手揮了一下：

「走開吧，三塊錢只有薄薄的七片牛肉，我才捨不得給你吃呢。」

小黃狗咧開了嘴，舌頭左右直舔，而且越走越近，一點也不怕陌生人。濕漉漉的鼻子都快碰到老鞋匠的飯鍋了。

「你是誰家的狗？在家吃飽了還跑出來討東西吃。」

小黃狗沒有聽懂他的話，卻把身子一抖，雨水都濺到他的菜碟子裡。老鞋匠對牠喊起來：

「啊呀，你這傢伙真不講理。看樣子不給你吃點，你還真不肯走呢。」

他一邊說一邊找個碟子撥出點飯來，挾一片牛肉，用手撕碎了，拌在飯裡，放在地上說：「來，給你吃，就只這一片牛肉呵，韭菜你又是不吃的。」

小黃狗兩口就把飯吃完了，舌頭舔啊舔的，這一點點哪兒夠呢？牠不停的對老鞋匠搖尾巴，還想要。

「沒有了，你知道我幾天才吃一次牛肉嗎？」老鞋匠拍拍牠的頭，仔細端詳著牠說：「你是誰家的狗啊？下雨天跑出來找吃的，是一隻野狗嗎？」

他是非常喜歡狗的，如果他有個安身的地方，他也一定要養一隻狗，天天帶在他身邊，多有意思。他把最後一片牛肉塞進嘴裡，小黃狗偏著頭，咧著嘴，一副頑皮相看著他。老鞋匠噗噗一聲笑了，他從嘴裡吐出半片，拿在手裡說：「來，再分給你一點點。可別吃上癮了；天天來找我可不成。」

半片牛肉，真不夠小黃狗塞牙縫，牠嚼也沒嚼就吞下去了。

「你看你分了我一半的菜。」老鞋匠摸摸牠濕漉漉的毛，覺得牠全是骨頭，好瘦。他找出一條破毛巾把牠渾身擦乾了。

那隻狗索性坐下了。

「你怎麼坐下了！快回家吧，你主人要找你啦。」

小黃狗好像不在乎主人找牠，把脖子一伸，趴在地上，睡起覺來了。

老鞋匠想，這麼冷清清的雨天，有一隻小狗來陪陪他倒也不壞，不過到了晚上牠還不走的話，不又得招待牠一頓嗎？

天黑了，老鞋匠又去買了飯菜，特別多買一條魚，頭尾自己吃，中段剁碎拌飯給小黃狗吃，他是誠心給牠一頓豐盛的晚餐的。他想一個人只要有一個生命願意依靠他，總是一件最快樂的事。他不知道這隻小黃狗是誰的，萬一是一隻沒有主人的野狗，他就真得收留牠了。

小黃狗吃飽了以後，用感激的眼神注視著老鞋匠一會兒，又在他身邊搖著尾巴，好像猶疑了好久，才慢吞吞地走了。

老鞋匠又加了一塊油布棚，拼攏兩隻木箱，鋪上蓆子就躺下睡覺了，他想，那邊另一條巷子裡有一個地下室，裡面一定有人住著，不然的話，遇上下雨天我就到那兒去住該多好，那樣的話，就是到了冬天也不必發愁了。可是原來在那兒住的人怎麼會讓他去住呢？

那天夜裡幸虧颱風沒有來，第二天一早，太陽已經從對面高樓的玻璃窗上，反射到老鞋匠的油布棚上了。他連忙起身，掀開油布。

「哈，你又來了。小東西。」老鞋匠高興地喊起來，原來他昨天的客人小黃狗早已端端正正地坐在他棚子外等他了。看見他起身，馬上站起來又跳又搖尾巴。

「看樣子，你吃我的飯吃出味道來了。告訴我，你是一隻野狗嗎？」

小黃狗並不懂什麼叫野狗，牠只是要找個對牠好，愛牠的人作伴。

老鞋匠少不得又餵牠一頓早餐。他心裡想：「如果牠真要跟定我的話，我的伙食費就得增加一倍，那我還真得好好幹活兒，多賺一點錢呢。」

小黃狗吃飽了一頓香噴噴的早餐，坐下來舔牠的毛。

遠遠地一個女孩子，穿著花花綠綠的衣服，慢慢走來，小黃狗一蹦一跳地跑過去，搖著尾巴直向她身上撲。

「你原來在這兒啊。」女孩子說。

「牠是你的狗嗎？」老鞋匠問她。

「不是我的，是我家太太的，不過她不要牠了。」

「不要牠？怎麼不要牠了呢？」

「太太說牠又笨又瘦，肚子裡長了蟲子，髒死了。所以把牠趕出來。」

「你們太太怎麼這樣心狠哪？她不喜歡狗嗎？」

「怎麼不喜歡？不過她喜歡好的狗種，這是隻普普通通的土狗，沒意思。前兒人家送她一隻好淘氣的『北京狗』，聽說值一萬塊錢呢。這隻小黃狗嫉妒，老跟牠打架，所以太太把牠關在門外不讓牠回家了。」

「回去告訴你太太，狗是最忠心的，無論哪一種狗都一樣，勸她千萬別不要牠。牠肚子裡長蟲子，給牠治治不就好了？」

「太太已經不喜歡牠了，我講也不會聽的。我看小黃狗也怪可憐的，昨晚一直在門口叫，叫的聲音跟哭似的；今早我出來倒垃圾，一看牠還坐在門口呢，看樣子牠整整守了一夜都不肯走。你說得不錯，狗真忠心哪。」

女孩子拍拍小黃狗的頭，一副無可奈何的樣子。小黃狗聞聞她的腳，又到老鞋匠身邊坐下，彷彿告訴女孩子，「這個人對我很好。」

女孩子說：「我買菜回家，牠就不見了，原來跑到你這兒來了。你餵過牠了嗎？」

「牠昨天在我這兒吃了兩餐，今早也把牠餵飽了。」

「老鞋匠，你真好心腸。看牠跟你多好，你就收留牠吧，我有空就送點剩菜剩飯來給牠吃，你也用不著太花費了。」

「你太太如果真想不要牠，我就收留牠，別看牠長得沒有那一萬塊錢的『北京狗』漂亮，牠還是一樣的聰明乖巧，一樣的忠心。」

「那就謝謝你啦，老鞋匠，我得去告訴太太，她不要的小黃狗，還有人要呢。」女孩子也像託付了一件事，很放心地走了。

「小黃，你上來，」老鞋匠就給牠取名小黃，把牠抱起來，就像抱一個孩子似的。知道牠是一隻被主人丟棄的狗，他格外的疼牠。從現在起，牠就是他的狗，他得全心全意負起愛護牠的責任了。老鞋匠越想越高興，完全忘了自己這個油布棚的臨時小屋，還可以住多久呢。

他打開箱子，把修好的皮鞋，一雙雙排在架子上，剛蓋好蓋子，小黃狗就一跳跳上了木箱，得意揚揚地向他又伸舌頭，又搖尾巴。

「你這壞東西，一疼你，你就沒樣子了。好，你就躺在這上面吧，等一下我給你洗個澡。看你多髒！」

小黃涼涼的鼻子碰著他的手背，舌頭不停地舔他。就這樣，他為牠做什麼都甘心了。

聰明的小黃是多麼多麼的懂得討人喜歡啊！

一個撿碎紙片的孩子走來了。背上背著竹簍子，走到老

鞋匠面前，遲疑了半晌才問：

「老伯伯，我的高統皮鞋修好了沒有？」

「哦，原來是你的，你怎麼好幾天都不來拿呢？」老鞋匠問他，拍拍他的頭，他的頭髮很長，該理了。

「我沒有錢，所以不敢來。」

「現在有錢啦！」

「還是沒有啊！老伯伯，修一下要幾塊錢呢？」

「這雙皮鞋太破了，修起來很費事，要是旁人的，起碼要十幾塊錢。是你的，就只收你四塊錢吧！」

「老伯伯，我現在連四塊錢都沒有，明天再來拿好嗎？這雙皮鞋是我從垃圾桶裡撿來的，我本來不應當請你修理的，太花錢了。可是我好想有一雙皮鞋穿啊，我一直都只穿木板鞋。」

「你叫什麼名字？今年幾歲了？」

「我叫多多，我不知道自己幾歲，大概是八歲吧。」

「多多，這個名字很好玩，你爸爸是幹什麼的？」

「我沒有爸爸。」

「媽媽呢？」

「我也沒有媽媽。」

「那麼誰養活你呢？」

「我自己啊！」

「啊呀，你這孩子，你就靠撿破爛掙錢哪？」

「你別替我著急，老伯伯，我現在已經有個爸爸了，他住在那邊一排房子後面的地下室裡。他是打掃公寓房子的工友，大家都喊他老張，起先我也喊他老張，現在喊他爸爸了。他對我好好喲。」

「喔，原來這樣，我真替你高興。」

多多蹲在小黃面前，摸著牠的頭、下顎、脖子，小黃舒服得把身子仰過來，四腳朝天地躺著。

「老伯伯，這是您的狗嗎？」

「剛剛從今天起，牠是我的了。」

「為什麼呢？」

「因為牠主人不要牠，我就要了。」

「真奇怪，為什麼好多人不喜歡狗呢？我爸爸那麼好，他偏偏也不喜歡狗。」

「你可以天天來跟小黃玩，就跟是你自己的狗一樣，過一兩天，我還要帶牠打針去，牠肚子裡有蟲子。」

「打針要很多錢吧？」

「我有錢，本來打算買收音機的，現在不買了，先給小黃治病要緊。」

「老伯伯，您好好啊。」

「告訴你，多多，老伯伯沒有什麼旁的心願，就是願大家都過得快樂、健康。狗也是一樣，你懂嗎？」

「我懂，我現在要去撿紙片了。」

「你把皮鞋帶走，我不要你的錢，四塊錢也不要了。」

「真的？」

「老伯伯怎麼會騙你？」

「謝謝您，老伯伯，您真好，我下回在垃圾裡撿到好東西，一定送給您。」

多多接過修好的皮鞋，一跳一跳地先回地下室的家中去了。

天黑的時候，多多又來了。他的一隻手裡提著竹簍子，另一隻手裡拿著一瓶牛奶，懇求似的對老鞋匠說：「老伯伯，真對不起您，我把修皮鞋的四塊錢花掉了。」

「我不是說不要你的錢嗎？」

「我把皮鞋拿回去，爸爸說不能讓您白修，他給我四塊錢，讓我送來給您。可是，我花三塊錢買了一瓶牛奶，一塊錢買一個肉包子，給弟弟吃了。」

「弟弟？你還有弟弟？」

「您看，牠就是我的弟弟。」多多掏開竹簍子上面的碎紙；下面躺著一隻小花狗。牠在簍子裡搖搖晃晃的，舒服得睡著了。

「哦，你也有了一隻小狗，牠叫弟弟，那麼小黃就是牠的哥哥囉。」

「可是爸爸不會讓我養在家裡的，所以我想求求您，晚上我把牠放在您這裡，跟小黃作伴。」

「好好。可是牠還小，會亂跑的。你得把簍子也留下。就讓牠在簍子裡呆著吧。」

多多連忙把簍子放下，小花狗汪汪地叫起來了。小黃聽到了，馬上跑過去，把嘴巴伸到簍子裡去嗅牠，小花狗在簍子裡高興得團團轉，伸著小爪子抓小黃狗，牠是不願呆在簍子裡的。多多摸牠的頭說：「你乖乖地在這兒，我明天來帶你上街。」

他又對老鞋匠說：「老伯伯，牛奶分一半給小黃吃，我回去就拿飯菜給弟弟。」多多放下奶瓶，興高采烈地走了。他一下子就找到寄放弟弟的地方，怎麼能不高興呢？

老鞋匠望著多多小小的背影，不由得從心裡笑出來。這孩子真可愛，我得勸勸他爸爸，准許他養狗。

多多白天背著小花狗弟弟一同去小巷撿紙片，晚上就把牠送到老鞋匠的油布棚下過夜。這樣過了兩天，老鞋匠看著多多眉清目秀的，想想這孩子怎麼不上學呢？

於是他決定要去看多多的爸爸，勸他別再讓多多撿紙片，該讓他上學才對。他吃過晚飯，收了攤子，牽著小黃與小花，就照著多多說的方向，找到多多爸爸住的地下室。

住在那兒的老張，忙完一天的清潔工作，剛煮好了一鍋綠豆稀飯，買了半個鍋餅，一包油炸花生米，正坐下來和多多好好享受呢。多多一眼看見老鞋匠牽著兩隻狗在門外張望，心裡暗暗吃驚，是不是他不願意照顧他的弟弟了呢？為什麼他會到這裡來？他連忙起來喊老伯伯，老張也走了出來。

「我是來找多多的。我就在那巷口擺著修理皮鞋的攤子，我叫陳福。」老鞋匠說。

「多多，是不是你欠老伯伯的錢？」老張大聲地問。

「沒有，不是的，老伯伯說過不要我的錢。」

「那麼我給你的四塊錢呢？」

「爸爸，請您不要生氣，我花了，我……」多多口吃地說。

「你放心，多多不會亂花錢的，他買了牛奶和肉包子給他弟弟吃了。」老鞋匠代他說了。

「弟弟？你哪來的弟弟？」

「就是牠。」多多抱起正向他撲來的小花狗。

「是你送他的嗎？」老張問陳福。

「是多多撿來的，跟我這隻小黃一樣，都是沒主兒的，好可憐。多多那麼疼牠，你就讓他養吧。」老鞋匠代多多懇求。

「我並不是不讓他養，我是要讓他從這半年起上學，一心讀書，紙片不再撿，狗也不要養。」

「爸爸，狗會送我上學，接我回家，晚上陪我讀書，牠陪我讀書，我越會專心。」多多央求道。

「你聽他說得多有道理！你還是答應才對。」

「老陳，你是不知道，這孩子太喜歡小動物，喜歡得太過份了。幾個月前跑來一隻野貓，他就天天餵牠，把牠慣得不得了，有一回，把我整條魚都偷吃了，被我一下子趕走，再也不來了。他為那隻野貓噘了好幾天嘴。我氣起來說：『以後就是不讓你養貓養狗。』」老張說是這麼說，可是臉上一點也沒生氣的樣子，老鞋匠就知道他絕不會讓多多失望的，就趁勢說：

「老張，你看我這隻小黃也是剛收留的。小動物沒人疼，也跟沒爹娘的孩子似的，好可憐。」

「老陳，你那麼點地方，透風漏雨的，怎麼養狗呢？」

「不要緊。我都不怕淋雨，牠還怕嗎？總比牠白天黑夜在路上跑的好。」

這話可說動了老張的心，他想想自己住在這座安安穩穩的地下室裡，比老鞋匠幾片油布不知強到哪兒去了，不讓小花狗呆下來，可真說不過去。何況多多那麼愛牠，凡是能使多多快樂的事，他是沒有不答應的。他看小花狗抱在多多懷裡，得意地搖著尾巴，伸著小舌頭舔他的臉，不由得伸手摸摸小花，眼睛看著乖乖兒坐在地上的小黃說：

「老陳，我這兒地方夠大的，你索性也來同住，咱們老哥兒倆有個伴兒，兩隻狗也有個伴兒，多多不是更高興嗎？」

還不等陳福回答，多多就跳起來說：「太好了，老伯伯，您今晚就來。我替您搬東西去。」

老鞋匠是多麼高興聽到這句話啊，他不是也想著能來這兒住嗎？可是他不好意思地說：「這是公家的地方，我怎麼可以來住呢？」

「不要緊，我只要跟管理處說一聲，有個好朋友來一起住，他們會答應的，你那個地方颱風來了怎麼辦？我聽收音機說又有一個颱風要來了。」

「老伯伯，您就來住嘛。白天爸爸上工，我上學，您帶著小黃和弟弟。」

老鞋匠打從心裡感激老張父子倆，也打從心裡高興，他決心把攤子挪到這邊來。從此以後，他再也不用愁風愁雨，他再也不是個孤獨的老鞋匠了。

「老張，你真好，已經想到讓多多上學，我原是為提醒你這件事來的，沒想到倒給自己找了個暖烘烘的窩。這世界上真是到處都有好心的人。」

弟弟從多多身上跳下來，跟小黃扭作一團，牠咬牠的耳朵，牠啣牠的尾巴。牠們沒想到自己還是這個家裡的重要分子呢。

收音機裡播出颱風消息，說颱風可能會在本省東南部登陸，老張說：「你聽，真有颱風。老陳，你快把攤子搬過來，我們去幫你。」

老鞋匠呆呆地站著，老花眼笑咪咪地望著小黃。

「老伯伯，您在想什麼呀？您不願意搬來嗎？」多多著急地問。

「我打算馬上帶小黃去看醫生，打掉牠肚子裡的蟲子，我還想買點牛肉給小黃哥哥和小花弟弟補一下。等颱風過了，你幫我給牠們哥兒倆洗個澡。」

「好，老伯伯，我好開心啊！我們一家五口，好熱鬧啊！」多多開心地跳著。

「對了，一家五口，三人兩狗。」老張哈哈大笑起來。

老鞋匠也大笑起來。小黃和小花也汪汪地又叫又跳，多多一手一個把牠們抱起來，一邊一個親著牠們的臉說：「乖乖，你們都得喊我大哥哥喲。」

　　小黃用舌頭舔他的臉，小花伏在他頸邊，小鼻子只是聞他的下巴。多多的小心靈裡，幸福漲得滿滿的。老鞋匠和老張默默地對望著，他們都感到，世上再沒有比他們一家五口更溫暖更快樂的了。

琦君在三民

140 琦君說童年

每個人都有童年，不管是苦是樂，回憶起來都是最甜美的。善於說故事的琦君，邀您一同分享她魂牽夢縈的故鄉與童年。書中有她家鄉的人物、生活和風光，也有好聽的神話和歷史故事。篇篇真摯感人，字裡行間充滿了愛心與情義，在欣賞琦君的散文之餘，更別有一番溫馨感受。

250 紅紗燈

記憶中一盞古樸的紅紗燈，那是外祖父親手為琦君糊的。無論哀傷或歡樂，數十年的生活經歷，似乎被凝縮在溫馨的燈暈裡，更化作力量，給予她信心與毅力。這盞紅紗燈就是紮紮實實的希望，引領著她邁步向前。你是否也同樣無法忘情故人舊事？且讓我們在煦暖的燈下，與琦君展開一場心靈的對晤。

285 琦君小品

這本小品包含了琦君各式各樣的創作形式。從清新流暢的散文，到細膩的「小小說」、情韻兼備的填詞創作，乃至於讀書與寫作經驗談，都再再顯露了琦君深厚的國學涵養，與內斂成熟的寫作技巧。就像嘗一碟爽口的小菜，帶給讀者清淡恬雅的心靈享受。

299 讀書與生活

琦君是個「說童年」的魔法師，任何兒時記憶、故鄉景物經由她筆觸輕點，都變得生動奇妙了。在「讀書」中，帶領讀者一起感受文學世界中的細膩情感；在「生活」中，她搖身一變，成為關心家事國事天下事的女子。你想更了解琦君嗎？且隨著她一起讀書，一起生活；一起明善心，一起見真情。

96　兩地

林海音　著

一個是父母的家鄉，一個是成長的地方。客居北平時，遙想故鄉的親人；回到了臺灣，卻懷念北平的人情景物。兩地的相思，懸著的是一顆想念的心。於是，林海音寫下了對於這兩個地方的思鄉情，為生命中的兩地留下溫暖的回憶。

98　校園裡的椰子樹

鄭清文　著

鄭清文在其作品中，對人、對事都採取他一貫「簡單」描述卻「豐富」呈現的特殊風格。無論是中年失業的一家之主、親人自相殘殺的孤獨女子、身體殘障的大學女講師……這些看似悲劇色彩濃厚的人物，在作者筆下，總能在沉重的身心煎熬之後，雲破天開，找回自己的尊嚴與定位。

109　河宴

鍾怡雯　著

●民國84年金鼎獎優良圖書推薦

本書收錄了鍾怡雯大學時期所有的得獎作品，是她的第一本散文集，也是她自我成長經歷的「交待」與「總結」。作家的第一本書，往往是最純粹、最能見其創作初心的作品，且由本書為線索，更深入的了解鍾怡雯。

國家圖書館出版品預行編目資料

賣牛記／琦君著;田原圖.－－初版五刷.－－臺北市:
三民, 2011
面; 公分.－－(三民叢刊:298)

ISBN 978-957-14-4078-1 (平裝)

859.6 93012935

© 賣 牛 記

著作人	琦君
繪圖	田原
發行人	劉振強
著作財產權人	三民書局股份有限公司
發行所	三民書局股份有限公司 地址 臺北市復興北路386號 電話 (02)25006600 郵撥帳號 0009998-5
門市部	(復北店) 臺北市復興北路386號 (重南店) 臺北市重慶南路一段61號
出版日期	初版一刷 2004年8月 初版五刷 2011年1月
編號	S 856700

行政院新聞局登記證局版臺業字第〇二〇〇號

ISBN 978-957-14-4078-1 (平裝)

http://www.sanmin.com.tw 三民網路書店

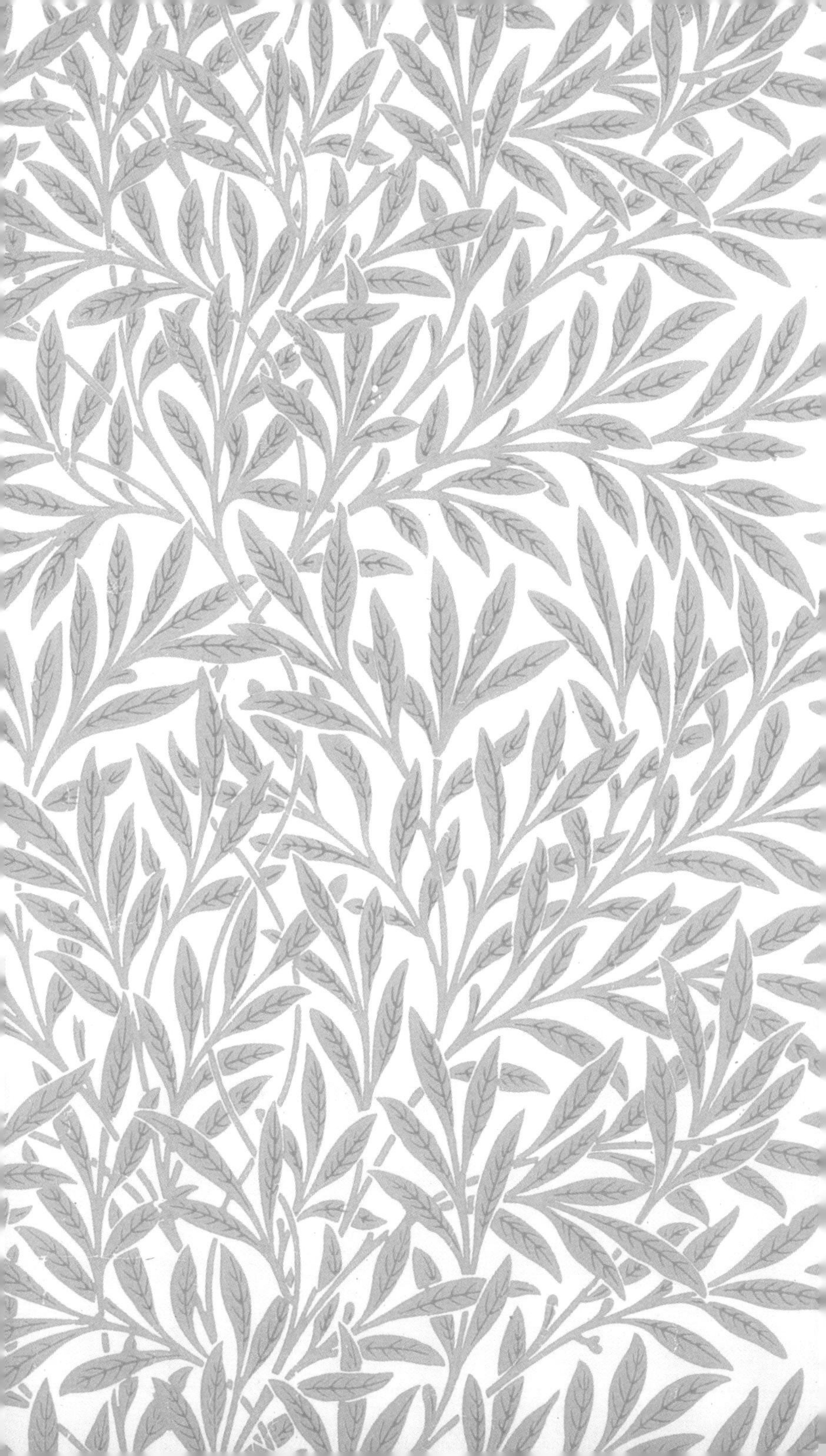